LA VENGANZA DEL INDIO

JUSTICIA

SOBRENATURAL

VICENTE JOSÉ GIL HERRERA

ISBN:

Sello:

1ª edición de mayo de 2022

Impreso en España / *Printed in Spain*

AGRADECIMIENTOS:

MARÍA JOSEFA VALADÉS GARCÍA, Licenciada en Derecho, pues gracias a su participación se ha depurado la ortografía y gramática de este libro.

TROTSKY VARGAS "GASS": Diseño gráfico de portada.

Cuando Colón hizo el descubrimiento de la actual América, el 12 de octubre de 1492, llegó a una isla llamada Guanahani después de cruzar el océano Atlántico. Aunque creían que estaban descubriendo una nueva ruta a las Indias (en Asia). Pero con ello, comenzó una terrible situación para sus moradores indígenas, que aún hoy, en muchos lugares del continente americano permanece. Habiendo sufrido la discriminación y exterminación, como si de animales se tratara.

La falta de cultura, o llamémosla la escasa cultura de la época, hacía que a los diferentes y desconocidos (negros e indígenas) se les conceptuara como animales. Hasta el punto que, en una de sus cartas Fray Bartolomé de las Casas, relata que existían carnicerías que vendían carne de indígenas. Pero este trato discriminatorio no fue exclusivo de los españoles. Todos los países europeos que fueron llegando, usaron a los nativos como animales de carga, soldados de primera línea para vencer las resistencias de otros pueblos indígenas y para enriquecerse, robar sus tierras y abusar de sus mujeres. Llegando a ofrecer recompensas por los indios cazados. ¿Qué país se comportó peor? Todos. El exterminio fue genérico en todo el continente y fue llevado a cabo por todos los países invasores.

El descubrimiento de Argentina fue realizado por Juan Díaz de Solís, en 1516, aunque los nativos lo mataron en la costa. Fue en 1536 que la expedición más grande para la conquista, llegó al Río de la Plata, bajo el mando de Pedro de Mendoza. Sin embargo, no fue hasta 1573, que las tropas llegaron a la provincia de Córdoba en su acción de conquista.

La historia del descubrimiento y conquista, suele realizar loas a los descubridores que fueron mandados (soldados, delincuentes, curas o frailes y prostitutas) ya que la pretensión de los países era anexarse territorios, bienes y poder. Sin importar lo que ocurriera con los nativos, mejor dicho, sí importaba, la exterminación de estos permitía la consolidación de los terrenos conquistados, apropiándose de ellos para ser cedidos o vendidos por la corona. Por lo cual, los gobernantes europeos, permitían a sus tropas todo tipo de desmanes. Etnias completas desaparecieron, y han seguido haciéndolo durante más de 500 años. Y en la actualidad lo siguen haciendo, a pesar de que hoy no podemos alegar falta de cultura (bueno, algunos sí, ya que conservan el mismo racismo de aquella época).

En el Siglo XVI y parte del SIGLO XVII, las mal llamadas tropas españolas, que en realidad eran hordas de mercenarios, presidiarios, condenados a muerte o a prisión de por vida, prostitutas, desesperados en ruina económica, gentes sin oficio que buscaban hacerse famosos, o conseguir riquezas, huir de la justicia, comenzar una vida nueva y obtener el perdón de la Corona de Castilla y Aragón, fueron los que llenaron los barcos que se dirigían al nuevo continente que se acababa de descubrir. También los frailes o en su caso sus órdenes religiosas, de las cuales existían una gran profusión, pugnaban por hacerse con esas nuevas tierras, propiedades, títulos, y riquezas que eran esquilmadas a las gentes sencillas, bien con engaños para conseguir el perdón de sus pecados, o por la fuerza, llegando incluso a la condena de muerte y apropiación de sus propiedades por herejías supuestamente cometidas, empleando para ello a los Tribunales de La Santa Inquisición. Todo esto se producía con la complacencia los Reyes Católicos, para mantener y acrecentar la ortodoxia en sus territorios, estando directamente controlados por la propia Corona, que se enriquecía con ello. Eran tiempos en los que para ostentar el poder había que demostrarlo, bien manteniendo tropas ingentes que respaldaran las decisiones fueran correctas o no; bien levantando castillos y catedrales, y todo mediante el espolio al pueblo, tanto por la Corona y sus allegados, como por los Prebostes de las distintas ordenes eclesiásticas, lo cual no ha cambiado mucho desde entonces. Con la disculpa del descubrimiento de América, realizaron una invasión salvaje en lo que hoy conocemos como Sudamérica y Centroamérica, extendiéndose hasta el sur de los Estados Unidos, en los Estados hoy conocidos como California, Nuevo México, parte de Arizona, sur de Texas y lo que actualmente denominamos México. Lo cual no quiere decir que el resto de América se librara de sufrir los mismos abusos, solo que lo realizaron naciones diferentes.

Con tal fin, la Corona llega a un acuerdo con Colón para financiar una expedición que permitiera llegar a la Indias Occidentales de forma más rápida, para poder activar el comercio de especias y sedas, que siguiendo las rutas ya establecidas porque se demoraba demasiado tiempo y la vez descubrir tierras no colonizadas por otros países europeos, para poderlas explotar con mayor libertad.

Según documentos relativamente recientes, el continente, hoy llamado América, ya había sido descubierto por vikingos y otros pueblos. Aunque, en honor a la verdad, los verdaderos descubridores fueron los ancestros de los indígenas que la moraban, cuando históricamente el mundo tuvo noticias de su existencia, desatándose las ansias de conquistas y riquezas de las naciones hegemónicas de aquel momento.

Cuando el 12 de octubre de 1492, Colón pisa la tierra de las mal llamadas Indias Occidentales, y se realiza el desembarco de las mesnadas de desarrapados y asesinos, es cuando cobra su verdadera naturaleza la expedición enviada. Que no era otra que la conquista, el espolio, el robo, el asesinato y la consecución de riquezas y territorios para la Coronas de Castilla y Aragón, creando colonias, como ya tenían muchos de los países europeos extendidas por África y Asia, debido a que era una forma de ampliar su capacidad de recaudación de tributos. Al ser realizadas por convictos e indeseables sin entrenamiento militar de ningún tipo, su única "gracia" era sacarlos de los territorios de la Corona y mandarlos como avanzadilla a un destino incierto, en el que las posibilidades de morir eran casi absolutas.

Cierto que se mandaron algunos aventureros con experiencia militar, a los que su avaricia espoleó haciéndoles soñar con inmensas riquezas y títulos nobiliarios, a pesar de ser de la más humilde cuna. Procedían de las regiones más pobres y desheredadas de la península ibérica y que por aquellos tiempos carecían de cualquier tipo de posibilidades de futuro, ya que las tierras pertenecían a latifundios explotados por allegados en un modo u otro, a una corte u otra, y pagando diezmos de protección a un monarca u otro, bien fuera directamente o a través de condes, duques o señores, más o menos fieles a una Corona u otra.

Teniendo una característica común en la mayoría de los casos, el sistema de vida permitido a las gentes, era el de siervos con la obligación total de proveer a sus señores todo lo que fuera, incluso sus propias vidas. Así que no era de extrañar que se apuntaran a emprender las más peligrosas aventuras, con el fin de librase de esa esclavitud y soñar con volver libres y ricos.

CONTEXTO DE LA GESTA Y EXPEDICIÓN.

Para poder comprenderlo, deberemos analizar el contexto que se desarrolla la aventura del descubrimiento de la Indias Occidentales, posteriormente denominada América. Situaciones de intrigas que asumían Castilla y Aragón, con luchas por conseguir el mayor poder posible, ampliando territorios y súbditos. Incrementándose la necesidad de obtener recaudaciones que les permitieran sostener las guerras desencadenadas, la mayoría de las cuales eran por venganzas nacidas de las usurpaciones de títulos, coronas, territorios, castillos e incluso siervos. En una península totalmente fraccionada en distintos reinos, incluidos los árabes, así como un inmenso puzle de condados, ducados y territorios de señores feudales que habían crecido y prosperado gracias a la debilidad de los monarcas.

Actuaban bajo el pretexto de servir a la corona ostentada en esa época por Los Reyes Católicos, Fernando II de Aragón e Isabel I de Castilla. Soberanos de la Corona de Castilla (1479-1504) y de la Corona de Aragón (1479-1516). Había accedido Isabel al trono de Castilla a la muerte de Enrique IV, autoproclamándose Reina, lo que provocó la Guerra de Sucesión Castellana (1475 a 1479) contra los partidarios de la princesa Juana "La Beltraneja", hija del fallecido rey Enrique. Al heredar el trono de Aragón Fernando por la muerte de su padre, Juan II de Aragón, unieron sus reinos por vínculos matrimoniales y gobernaron juntos hasta la muerte de Isabel en el 1504.

En este contexto de luchas, no solo entre los monarcas y herederos, sino que incluso contra las apetencias de la propia iglesia, se presentó la aventura de partir a la conquista de la Indias Occidentales, mediante un proyecto presentado por Colón a los Reyes Católicos, quienes vieron la posibilidad de conquistar nuevos territorios y obtener bienes que resarcieran la inversión que realizaban, sin importarles que provinieran del saqueo, lo cual por otra parte era lo normal de la época. Con esta idea enviaron aventureros que preferían correr el riesgo de perder la vida, a cumplir las largas condenas impuestas por sus delitos, o la conmutación de una muerte cierta en el patíbulo, por una que al menos albergara la esperanza de sobrevivir y si era posible volver ricos y con el perdón a sus condenas preexistentes.

Los enormes gastos de sostener las guerras, causaron una descapitalización a la Corona de Aragón y Castilla, viéndose obligada Isabel a hacer uso de sus joyas para poder financiar la expedición a la Indias Occidentales. Pero ello se hacía con la esperanza de recuperar a través de diezmos impuestos sobre lo obtenido en el descubrimiento, no solo lo invertido, sino cantidades muy superiores que permitirán sanear la economía del reino. Todo ello permitiría acometer la reconquista de los enclaves moriscos tales como Granada, y acuerdos con pequeños señores feudales obnubilados por la gesta del descubrimiento de América, realizando una unión de todos los territorios de lo que hoy se conoce como España, excepto Ceuta y Olivenza que pertenecía a Portugal y que más tarde fue cambiada por Campomayor (Actualmente Campo Maior), por sus enclaves territoriales.

A los grupos armados, capitaneados o dirigidos por aventureros sin escrúpulos, con una cierta formación militar, adquirida como soldados en diferentes batallas, se les impuso un contable responsable de la Corona, para que verificara los repartos acordados y también una persona del clero, por lo general un fraile, que aportara un cristianismo y una piedad, más aparente que real, ya que su fin era demostrar la presencia de la Iglesia en las tierras conquistadas por esas hordas armadas, y que se encontraban liberados de toda responsabilidad por sus desmanes, excepto la obligación de pagar el diezmo acordado a la Corona.

Eran gente violenta, inculta, agresiva, peligrosa, sin principios ni valores. Con armas más modernas que los nativos de la zona y con una mentalidad primaria, en la que las gentes de otros colores de piel, bajo su concepto, no eran seres humanos. Se dedicaron a la exterminación, el pillaje, el abuso, al robo, violaciones, asesinatos, y todos los desmanes que se les antojaban, respaldados por los propios frailes que los acompañaban. Impusieron derechos de pernadas, exigieron pagos por favores, y asesinaron vilmente a quienes se oponían a sus deseos. Traficaron en la trata de blancas, incluso vendiendo niñas menores de 10 años que eran embarcadas para ser subastadas como objetos sexuales en la península. Transportaron indígenas para ser vendidos como esclavos, ya que eran mejor pagados que los negros, por ser una novedad en la sociedad. Y todo ello con el beneplácito de la Corona y la Iglesia.

Lo que hoy conocemos como Argentina, solo era un vasto territorio poblado por decenas de etnias indígenas, que a su vez se dividían en centenares de tribus, que por diversas causas se fueron segregando y formando poblados independientes los cuales se situaban en territorios que consideraban suyos y que defendían con la propia vida. Su modo de vida trashumante les obligaba a ir cambiando la ubicación de sus poblados, cuando se agotaba la pesca, caza y frutos.

Gentes sencillas, con razonamientos muy simples, que defendían la existencia de sus dioses, de su poblado, su cacique, sus familias y sus exiguas propiedades. Y con unos principios morales sumamente estrictos, defender lo suyo y vengar cualquier acto que significara un ataque o afrenta. Y aunque el hombre siempre ha llevado en forma intrínseca el deseo de acrecentar sus dominios y propiedades, la ambición de estas tribus, generalmente era muy moderada, aunque no exenta de rivalidades con los poblados y tribus próximas. Y en ocasiones sumamente violenta.

En este escenario, de las Sierras Pampeanas de la Pampa Argentina, en lo que hoy es la provincia de Córdoba, se desarrollan los hechos que se narran. Desconociéndose, por falta de los datos históricos necesarios, en qué tribu sucedieron, cómo acontecieron, y si fueron reales o mitos. Las tribus Hênîa o la Kâmîare, si bien en ambos casos pertenecían a la Etnia

Comechingón. Aunque debemos suponer, que, a pesar de las rivalidades de ambas tribus, ante el exterminio sistemático de ambas, pudieran unirse los miembros sobrevivientes para enfrentarse al enemigo común. Ya que las hordas españolas, al igual que conseguían acuerdos con diversas tribus para atacar a otros pueblos nativos, con el menor desgaste posible de sus tropas, para lo cual entraban ganándose la amistad de los moradores de algunos poblados, hasta que habían conseguido lo que necesitaban y no dudando en sacrificarlos si les convenía. También, sin proponérselo, produjeron el efecto de que diversas tribus y pueblos se unieran para combatir contra ellos.

Triste y desventurada herencia dejada por los "salvadores de cuerpos y almas" que llegaron a ese Edén, transportando el miedo, la crueldad y enfermedades desconocidas que diezmaron sin piedad a cientos de miles, a millones de nativos, a la vez que los esclavizaban y robaban sus riquezas. Desposeyéndolos de sus propiedades, culturas, lenguas y religión, a ellos que se calcula que llevaban más de 16.000 años viviendo en esas tierras. Ya que los primeros moradores llegaron de Asia por el norte, hace más de 20.000 años.

Y en ese contexto muchos años después, esa historia fue narrada por un viejo gaucho a un indiecito que tenía a su cargo, y que le fue encomendado por su patrón para que le enseñara los oficios del cuidado de las reses. Sesenta o setenta años más tarde, esa misma Historia me fue contada en la Pampa Argentina, alrededor de una hoguera, por ese indiecito, que para ese momento ya era un anciano, con el que conviví durante varios días y con cuatro gauchos más, encargados de cuidar de una enorme manada bovina que pacía libremente en esas magníficas y hermosas tierras llamadas la Pampa.

Después de la brega diaria, el aseo para liberarse del fino polvo alzado por el viento, que se pegaba y penetraba por todas partes, procedíamos a la cena, y al terminar, comenzaban hermosas charlas sobre vivencias, experiencias y leyendas o mitos antiguos de aquellas tierras, no pudiendo por mi parte determinar si eran de un tipo u otro o si se trataba de historias realmente acaecidas, que rolaban de padres a hijos, de boca en boca, para que permanecieran en forma verbal, ya que pocos dominaban el arte de la escritura.

¿Historias, mitos, leyendas? ¿Qué más daba? Las sentía en aquellas noches. Notaba que mis vellos se erizaban y que mis poros adquirían la textura de la piel de una gallina desplumada. Temblaba inconscientemente, atribuyéndolo a un frio inexistente, por no reconocer que era de temor a esas supersticiones que aquellos rudos hombres llevaban en su pecho como parte de sus creencias. Una mezcla curiosa de tradiciones ancestrales con dioses heredados de sus antiguas culturas, con religiones y dioses actuales, que para ellos de mezclaban en una forma inseparable.

Hermosas, sentidas y terribles sensaciones, que, contadas por un viejo indio convertido en gaucho, sobrevolaban el ambiente. No solo alrededor de la hoguera, sino que parecían cubrir toda la Pampa, haciendo que el viento callara o arreciara según lo requiriera la narrativa, e incluso los pobladores de la noche, tales como aves nocturnas, insectos o roedores, parecían encontrarse conchabados con el narrador, que jugaba con su voz elevándola o convirtiéndola en un susurro según requiriera el momento de la historia.

Como español de origen me sentía afectado por la narración, que sin quererlo ponía ante mis ojos las injusticias perpetradas por aquellos que fueran mis paisanos, aunque nada tuvieran que ver con mis criterios y forma de sentir, y mucho menos con mi cultura. Aquella cultura de la época del descubrimiento y conquista, nada tenía que ver con la mía. Y en ocasiones, sin darme cuenta, temía que la venganza pudiera extenderse a mí por mi origen natal. Debo reconocer que sentí vergüenza, asco e ira, al ir conociendo los desmanes cometidos por aquellas hordas sin escrúpulos, ni principios, ni siquiera conciencia.

Y acá comenzamos:

MI LLEGADA A LA PAMPA.

Había llegado a la zona con la intención de conocer La Pampa. Era un ferviente admirador de los gauchos y albergaba la esperanza de poder conocer a alguno de ellos. Deseaba sentarme y escuchar sus vivencias e historias. Así, que, con la ayuda de un mapa y una brújula, me adentré en aquel hermoso territorio.

Largas horas de viaje me llevaron a lo que, por el mapa y la brújula, era para mí el comienzo de La Pampa. No había ningún letrero que dijera ACÁ COMIENZA LA PAMPA, pero sí existían ligeros cambios en la vegetación y el terreno, así que me consideré como atravesando una frontera invisible que daba comienzo a mi sueño de conocerla. Después de largos minutos rodando lentamente con el auto, divisé a lo lejos a alguien, que parecía montar con desgana un caballo, tan desgarbado como su jinete. Puse proa hacia allí. Parecía que no se hubiera percatado de la presencia del coche. Solo levantó la vista cuando estaba llegando a él, después de bajar del automóvil y hacer a pie un recorrido de casi cien metros. Con languidez alzó el ala del sombrero y aquel gesto provocó que la prenda de estilo gaucho, con el ala pegada al copete, se deslizara hacia la nuca y quedara colgando sobre su espalda rozando su cogote.

Me miró con indiferencia como si estuviera cansado de verme y cruzando las manos sobre el pomo de la silla de montar, se quedó esperando, sin decir nada, simplemente aguardando.

—Buenos días —dije yo.

—Buenos días. —manifestó él. No sabría decir si lo afirmaba o lo preguntaba.

—Bonitas reses tiene, maestro.

Me miró, esta vez con los ojos más abiertos y pausadamente, me contestó con algo que consideraba una sentencia: — ¿Bonitas? Bueno, alguna habrá. Pero yo no las tengo, son de mi patrón. En cuanto a ser maestro, no lo soy, los maestros están en las escuelas y no cuidando ganado de otro. Yo soy *pión*.

— ¿Un gaucho? —pregunté yo. Tardó en contestar un tiempo que me pareció un siglo.

—Si lo quiere llamar así —dijo al fin con desidia, para luego cambiar de actitud repentinamente. ¿Usted es extranjero?

—Sí, soy español.

—Eso está lejos, aunque conozco a muchos gallegos.

Ya había conocido ese término genérico para denominar a los españoles, quizá debido a que los primeros que llegaron en la época ya moderna eran oriundos de Galicia, y al preguntarles qué eran, ellos respondían que gallegos. Y así en gran parte de Hispanoamérica, se quedó el término como sinónimo de español. Sabía que de nada valdría intentar que me llamaran español. Ya estaba bautizado. Aunque no por ello dejé de intentarlo.

—Soy de otra región, no de Galicia.

—Es lo mismo, gallego[1] —su voz sonaba como un veredicto.

Yo estaba ávido de aprender, de quedarme con todo y grabarlo en mi mente para que formara parte de mi experiencia. Me fijaba en cada particularidad e intentaba comprenderlo a través de racionalizar las causas de por qué era todo tan diferente. No perdía detalle de los gestos, de la vestimenta, de los aperos del caballo y su enjaezado. Todo, absolutamente todo, era nuevo para mí, pues, aunque había vivido en el campo, conocido los animales, arreado vacas y caballos, acá, era diferente, las razas, las costumbres los aperos, las personas. Pero estaba dispuesto a vivirlo, y por tanto a aprenderlo.

Lo observaba sobre la silla del caballo, parecía que formaran parte el uno del otro. El animal permanecía con las cuatro patas ancladas en un mismo sitio, la cabeza colgando a una altura de medio metro del suelo, una oreja levantada y la otra gacha, la mirada perdida en el vacío y con lo que consideraba ser su idea, no moverse para nada, flanqueado por las *yerbas de las pampas*[2]. Presentaba una imagen digna de

---

[1] En muchas regiones de Iberoamérica, el español es denominado gallego.

[2] Plumero, Plumeros, Carrizo de La Pampa, Hierba de La Pampa, Cortaderia, Ginerio, Gimnerio. Que alcanzan hasta 3 m. de altura, pudiendo sobresalir los plumeros otros 2 m.

ser plasmada en un lienzo. Su jinete, llevaba unas botas bastante gastadas, a las que juzgaba haberles nacido unas espuelas de rodelas con un número indeterminado de puntas, algunas desprendidas como muelas cariadas. Había que fijarse muy bien para ver las correas que las sujetaban a las botas, el polvo y la suciedad parecían soldarlas con el cuero. Llevaba un pantalón descolorido y muy usado en el que se adivinaban antiguos trenzados de cuero y trabajos de marroquinería en grabado de relieve. Debajo de su *poncho pampa*[3], terciado sobre su hombro izquierdo, se dejaba ver una camisa de un color impreciso, azul grisáceo con adornos de sudor y polvo, blanqueando ligeramente por las axilas. Usaba un sombrero gaucho, pero de *copa baja*[4], negro y viejo, con adorno de correílla de cuero marrón y *golilla*[5] roja al cuello. De su muñeca derecha colgaba un "*rebenque*"[6] y en la cintura se terciaba una *faca*[7]. La silla de montar se notaba cómoda. Se adivinaba su remoto origen español, ya que el inglés tiene monturas más pequeñas, los estribos más altos para levantarse al galope del equino, mientras que esta era para permanecer sentado y con las piernas cómodamente flexionadas. Del lado posterior derecho de la silla de montar, sobresalía un arma larga, o un rifle o una carabina. No

---

[3] Poncho argentino con adornos.

[4] Los antiguos eran de copa alta tipo bombín, y aunque algunos aún se usaban, su uso no era ya generalizado.

[5] Pañuelo pequeño que se anuda en el cuello.

[6] Instrumento provisto de un cabo y una tira de cuero crudo que se utiliza para animar o castigar a los caballos; el cabo puede ser de metal labrado.

[7] Cuchillo de grandes dimensiones y con punta, que suele llevarse envainado.

llegaba a distinguirla por estar enfundada, pero hubiera dicho que era antigua y muy usada, porque la madera de la culata había perdido hacía tiempo su barniz. Era un hombre difícil de evaluar, tanto por lo que pensaba, como por su edad o lo que representaba ser. Sus brazos velludos daban paso a unas manos rudas, con dedos gruesos y fuertes. Se adivinaban gran cantidad de callos en ellas. Su rostro era moreno, quemado por el sol y el aire, con una incontable cantidad de arrugas, que denotaban una edad imposible de predecir; la boca fina con una leve línea que hacía sospechar la presencia de sus labios; orejas ligeramente grandes; nariz más bien pequeña; ojos grises, fríos y ligeramente acuosos, pero inquisitivos y duros.

—Mi nombre es Vicente —le dije sin esperanzas de que pronunciara el suyo. Saqué un paquete de cigarrillos y le ofrecí tabaco. Me miró de abajo a arriba y parsimoniosamente tendió la mano para tomar un cigarrillo del paquete abierto.

—El mío Óscar —dijo con voz queda, aunque realmente lo pronunció como *<Oscár>*.Prendió el cigarrillo que le había obsequiado, oteó con apatía el horizonte y volvió a mirarme. —¿Se perdió? —me preguntó con cierta desgana.

—No, vine exprofeso.

— ¿A qué?

—A conocer La Pampa.

— ¿Desde España a conocer La Pampa?—preguntó con un deje de extrañeza.

— No, desde Venezuela, estoy en Córdoba y desde allí he venido a conocer La Pampa.

— *Güeno. Pos* ya la conoció. ¡Como esta es toda!

—Quiero conocer no solo el suelo y su vegetación. Me gusta tratar a la gente que vive aquí, cómo lo hace y las cosas de cada día.

—*Acá*, todos los días son iguales, poco varían unos de otros. No vivimos *acá*, sólo arreamos y hacemos pastar a las reses. *Acá* un *cristiano* no puede vivir en forma permanente. *Güeno*, antes algunos vivieron, pero *horita* no.

El sol comenzaba a descender y se notaba que cedía la calima. La luz era menos hiriente y el horizonte empezaba a tener algunos tintes rojizos, a la vez que parecían formarse nubes en él. A lo lejos se iniciaba un movimiento, cuyo protagonista parecía ser un jinete que maniobraba para ir agrupando al ganado. Más al fondo había otro y en el horizonte otro más. Deduje que era la hora de concentrar a las reses por la llegada del atardecer. Así me lo confirmó Óscar al decir:

—Pronto caerá la noche y hay que prepararse. ¿*Usté* se queda?

—Si me lo permiten —contesté con cierta alegría.

—Si hace lo que se le diga, nadie se lo negará. Quédese ahora en el auto y cuando vea que todo el ganado junto se dirige hacia allá, —señaló con el brazo hacia la llanura—*usté* viene a distancia hacia nosotros. Yo le indicaré hasta donde tiene que llegar con el automóvil.

—Muy bien. Gracias Óscar.

Tomó las riendas, una cuerda, y comenzó a mover con lentitud su montura. El caballo debía estar tan acostumbrado a su recorrido y actuación, que parecía ir solo de un lado para el otro.

Pocos minutos después, la punta de reses de *Óscar* se dirigía hacia las otras para formar el rebaño. Calculé que tardarían media hora en unirse las cuatro puntas de ganado. En ese tiempo, recorrerían varios cientos de metros en la dirección que *Óscar* me había indicado. Arranqué el coche y me puse al paso de las reses, conservando una distancia más que prudencial para no espantar el hato de ganado. Con la ventanilla del coche abierta se sentía un espectáculo de luz, naturaleza, olor y sonido. Se oían los mugidos de las vacas mientras caminaban inquietas y los gritos de los vaqueros arengando al ganado y restallando cordeles y fustas. El retumbar de las pezuñas contra el duro suelo sonaba como un inmenso tambor. El sol aparecía tamizado por encontrarse en el ocaso y tras una espesa cortina de polvo. Había aves que emigraban al paso de los animales, exhalando sus quejas por el desplazamiento, unas aleteando sobre las reses y otras subidas sobre sus lomos, como si fueran una protuberancia que formara parte de ellas. No me importaba el fino polvo que penetraba a raudales por la ventanilla y cubría completamente el automóvil. Ni siquiera notaba la capa de fango que se formaba en mi nariz al impregnarse en mis mucosas, o el barro formado en la comisura de mis labios al humedecerse inconscientemente,

Era un mundo nuevo para mí. Había asistido a traslado de reatas de animales en España y en Venezuela, pero acá era diferente. Había recorrido la Sabana venezolana, pero la Pampa era distinta. Ambas eran inmensas, las dos se hallaban cubiertas de pastos bajos, algún arbusto perdido en la distancia. En ninguna se llegaba a ver el fin, solo el horizonte. Pero eran diferentes, ni siquiera se parecían.

Me encontraba, observando la evolución de aquella ceremonia, a unos trescientos metros de distancia, sobre un artilugio mecánico, que nada tenía que ver con la escena, y que en mi fuero interno me hacía sentir que degradaba el paisaje natural, también contaminaba el maravilloso espectáculo con el quejido del coche, que, al pasar por un suelo poco apropiado para su diseño, gemía y se movía lastimosamente. Encendí un cigarrillo, el mismo que había cogido del paquete cuando se lo ofrecí a Óscar. Sonreí, al advertir que me estaba contagiando con la tranquilidad de aquel hombre. Fumaba despacio, arrojando la ceniza en el cenicero. Me estremecí de repente al pensar que aquel inmenso pastizal pudiera incendiarse por una colilla. Ya que hasta donde alcanzaba la vista, todo era pasto seco o semi seco, que en caso de incendiarse recorrería kilómetros y kilómetros sin que nada pudiera frenarlo, causando devastación y muerte a su paso, así como pérdidas irreparables. En forma automática, y sin pensarlo siquiera, subí el vidrio de la ventanilla hasta terminar y apagar la colilla del cigarrillo. En ese momento, sin haberlo previsto comencé a comportarme como un campesino. Recordé que *Óscar* había pagado la colilla en el empeine de su gastada bota. Tocando con el dedo para asegurarse que la ceniza estaba fría.

Mucho tiempo después, o al menos a mí me lo pareció, ya que desde mi llegada a la pampa el concepto tiempo había cambiado, observé un movimiento envolvente entre los vaqueros y como se iba deteniendo la manada. El sol asomaba menos de medio cuerpo por el horizonte. Su tono rojizo, como el de una yema de huevo de gallina alimentada con maíz, me llamó poderosamente la atención. Unos jirones de nubes pasaban lentamente entre él y yo, como si se tratara de un desgarro del paisaje que reflejara los jirones de mi alma. Se venía produciendo una bóveda oscura, que bajaba desde el cielo y parecía inundarlo todo cada vez más, aproximándose lentamente al sol, como si estuviera luchando contra él, para sumergirlo en las tenues sombras que ya casi nos rodeaban a todos.

Escuché la voz de Óscar a lo lejos: —¡Gallego, a tu derecha! ¡Hasta el cobertizo, y para allá el auto! —me ordenó.

Levanté la mano en señal de asentimiento y me encaminé hacia donde me indicaba, viendo al poco rato una especie de cobertizo de palos y juncos o cañas. Estaba sobre un círculo algo deforme de tierra batida, o mejor sería denominarla como de tierra pisada y que el uso de las personas y los caballos la debían mantener sin ningún tipo de vegetación. Calculé unos cincuenta metros de diámetro. Paré el carro y me apeé de él sin perder de vista la evolución del ganado. Un hombre salió del cobertizo y se me quedó mirando. No dijo nada, solo miraba. Lo saludé con la mano, él hizo algo parecido con la cabeza y se fue caminando hacia los jinetes, que ya venían en nuestra dirección.

A unos cuatro metros delante del cobertizo, se apreciaban restos de una hoguera aún humeante, con piedras formando un círculo para poder contener las brasas. Cerca, había otras piedras marcadas por el humo de la fogata, que daban la sensación de que eran utilizadas para algo, quizá para soportar los utensilios de cocinar. El cobertizo, además de una parte abierta a modo de porche, contenía un espacio cerrado rudimentariamente, que imaginé que se utilizaría para guardar cosas y aperos del oficio, despensa para los víveres para que pudieran estar protegidos en algún modo cuando no hubiera personas cuidando el lugar y, en ocasiones, cuando hubiera inclemencias ambientales, serviría como refugio temporal, en el que precariamente y con poco éxito podrían guarecerse.

Algo separado, se erguía un majestuoso Ombú[8], con sus gruesas raíces abiertas, como patas que intentaran impedir el vuelco con el transcurrir de los años. Su corteza recorrida por cientos, quizá miles de surcos, parecía emular la piel quebrada de los hombres que habitaban aquellos lares, aunque por su tamaño no debería ser demasiado viejo. Yo poco sabía de ese árbol, pero algo había leído sobre él, era considerado un árbol nacional y se describía en todo lo leído con un tamaño del triple de lo que estaba viendo en el que tenía ante mí.

Me quedé observando al otro gaucho, casi anciano, cuando se alejaba, más tarde sabría que se llamaba Tasco. Era muy delgado y estrecho, de corta estatura, y a pesar de su escaso tamaño, algo me hacía adivinar una gran fortaleza oculta en él. Por sus características, me recordaba a los jockeys de las carreras de caballos. La curvatura de sus piernas y su dificultad y estilo al caminar, delataban muchas horas, de muchos días, durante muchos años, sentado sobre la silla del caballo. Su modo de caminar era importante, no flexionaba la pierna por la rodilla al avanzar, como haría cualquier persona común. Él giraba su cuerpo, o mejor dicho, sus caderas y avanzaba cada pierna de forma rígida, lo que me hizo presumir un posible problema de artrosis en sus rodillas, o quizá roturas mal curadas, que habían soldado

---

[8] El ombú es el árbol patrio para los argentinos. Llamado también bellasombra, fitolaca o árbol de la bella sombra.

inapropiadamente. Lo vi cuando se acercaba a los jinetes, y a pesar de la distancia, observé que lo saludaban todos con cariño, e incluso pude adivinar que le gastaban bromas y que él, de alguna manera, simulaba un enfado que no tenía.

En la distancia veía como los caballistas caracoleaban con sus monturas en derredor del anciano, mientras parecían conversar de algo, quizá fuera de mi presencia. Posiblemente también, dando cuentas de su labor del día para no hacerlo en presencia de un extraño, que por añadidura era extranjero y nada debía saber del oficio que ellos ejercían.

Este extraño encuentro duró unos minutos, pero a pesar de la distancia podía apreciar que era afable y posiblemente cariñoso. Las gesticulaciones me recordaban mucho a la forma de hablar de los italianos, sus manos expresaban más que las propias palabras. Pensé que, si tuvieran que hablar con las manos en los bolsillos, habría un silencio absoluto, y no serían capaces de articular palabra. Me sonreí sin proponérmelo.

Solo quedaba esperar que decidieran venir. Era comprensible que Óscar los pusiera al corriente de mi llegada, de cómo y porqué, había decidido traerme hasta su campamento, el cual, al fin y al cabo, era su casa. Quizá estuvieran decidiendo si me dejaban quedarme o me invitaban amablemente que me fuera a conocer la Pampa a otro lugar, a decenas de kilómetros de ellos. La verdad es que era su prerrogativa y

su derecho, y decidieran lo que concluyeran, yo
lo debería aceptar.

Los vaqueros enfilaron sus cabalgaduras hacia donde yo estaba, y en un movimiento rápido y cuidadoso tomaron al anciano por debajo de los brazos. Cada caballista lo sujetó por una de las axilas, levantándolo en volandas con suma facilidad, y al trote de sus monturas lo trajeron hasta el cobertizo, depositándolo en el suelo con la misma suavidad con que lo habían izado. El viejo gruñía, maldiciendo imprecaciones ininteligibles, mientras todos los peones reían. Pero pienso, que en el fondo, era su forma de encontrarse integrado en ese rudo ambiente y de expresar su cariño hacia los muchachos (Pibes), como él los llamaba cariñosamente.

Óscar llegó el último, descabalgó con bastante agilidad de su montura y procedió a quitarle la silla y arneses a su caballo, los demás por su parte hacían lo mismo. Se apreciaba una diferencia de color en el espacio dejado al retirar las monturas, que pude apreciar que era por dos causas. Una, la falta de polvo, y la otra, la humedad producida por el sudor generado por la montura. Acercaron los animales a un improvisado abrevadero, hecho a partir de un bidón de doscientos ocho litros, cortado longitudinalmente por la mitad, y los dejaron beber con calma y sin premura. Se fueron pasando las riendas de los animales y casi sin darme cuenta aprecié que uno de los jinetes era el tenedor de todas ellas. El resto de los vaqueros se retiró, dirigiéndose a otro bidón, este seccionado por la mitad en el sentido de la circunferencia. Y comenzaron a asearse superficialmente, gastándose bromas. Por su actitud, parecían más jóvenes de lo que en realidad eran. Terminado el aseo personal, Óscar se encaminó hacia mí:

—Bueno gallego, te voy a presentar a los otros. Los hombres se fueron acercando y mientras Óscar me indicaba sus nombres, fueron estrechando vigorosamente mi mano. Para todos ellos yo era El Gallego. De nada sirvió que repitiera mi nombre un centenar de veces.

Carlos, rudo y parco en palabras, representaba unos treinta años. Era moreno, con el pelo ligeramente largo y lacio, estatura más bien baja, ancho y musculoso. Llevaba botas, que no supe distinguir si eran las llamadas de potro[9], aunque se adivinaban negras, sin tacón, orladas con espuelas niqueladas; pantalón bombacho de tipo gaucho[10]; cinturón de cuero[11] con adornos plateados en su *rastra*[12]; cuchilla al cinto, del cual colgaba un *rebenque* de cuero trenzado; camisa de color caqui, abrochada hasta la mitad; *golilla* al cuello de un color indeterminado a causa del polvo; cubierto por un sombreo tipo gaucho, del cual pendía algo parecido a un *pañuelo grande*, que se coloca bajo el sombrero y se anuda en la barbilla, pensé que

---

[9] Hechas con piel de potro, proveniente principalmente de las ancas para que resultes más flexibles y maleables. Carentes de suela y tacón
[10] También llamados bombachos turcos.
[11] También llamado faja
[12] Hebilla

serviría para taparse la cara del polvo y la reverberación del sol; y con un *Poncho Patria*[13].

Rodolfo, tendría más de cuarenta años, era fuerte. Ligeramente más alto que todos los demás, tenía cara india, piel cobriza negruzca, pelo muy negro y lacio, con sonrisa casi permanente que parecía más un rictus que un signo de alegría. El sombrero gaucho lo llevaba colgando sobre la espalda, y la camisa, que en otro tiempo debió haber sido roja y que ahora tenía un color mortecino con reminiscencias púrpura, se veía por llevar terciado el poncho sobre un hombro. Usaba pantalón bombacho de color marrón, botas de cuero marrones, asomando por el borde superior de la derecha, el mango de un *facón* y espuelas negras.

Kiko, era el más joven de todos, se encontraba a punto de cumplir los treinta. Era el único soltero del grupo. Dicharachero, mezcla de indio e italiano, era ágil como un gato, con complexión bastante fuerte y muy dado a la broma y el pique. Llevaba ropa bastante nueva, en la que se adivinaban líneas dejadas por la plancha para marcar las rayas, al estar planchadas seguramente por su madre. Usaba sombrero gaucho negro con un extraño adorno en el ala levantada, y tenía una enorme cuchilla enfundada, que llevaba en su mano izquierda. Utilizaba botas bastante pulcras de color negro, en las que se notaba que le aplicaba con frecuencia algún betún para conservar su flexibilidad y color. Completaban su atuendo unas

---

[13] Poncho tradicional menos orlado y de diferente confección.

espuelas muy orladas, con huecograbados y unas enormes rodelas que parecían ser de plata o alpaca plateada. Me pareció que Kiko debería ser bastante presumido o que estaba en edad casadera.

Nino, era el segundo más alto. Tendría entre treinta y cinco y cuarenta años de edad. Era serio, pero de risa fácil, avispado, dado a las apuestas, sin gran corpulencia, con pelo castaño y dientes blancos como la leche. Tenía los ojos verdes que denotaban una mezcla de europeo en su sangre y que resaltaban fuertemente en su tez bronceada por el viento y el sol de la pampa. A pesar del calor que hacía, llevaba una especie de *poncho pampa* puesto sobre los hombros, que le cubría por debajo de la rodilla, y los cantos con orlas o flecos, al igual que los pantalones que terminaban en una abertura exagerada y con *cribado*[14] y *alforjitas*[15]. Utilizaba botas de montar negras, con una banda marrón en su parte superior y un *rebenque* de cuero colgando de la muñeca y por el lado derecho del poncho asomaba la empuñadura de un cuchillo de importantes proporciones. Su atuendo parecía querer reforzar que, a pesar de sus rasgos italianos, él era gaucho y pertenecía a la pampa.

---

[14]Unas bragas criollas bien ornamentadas y que constituían una prenda de orgulloso lucimiento para el gaucho ya que, un poco más o menos largas, eran siempre visibles sobresaliendo por debajo del "chiripá", especie de lienzo que se pasaba por entre las piernas y encima de las bragas y que se sostenía en la cintura con una faja o cinturón.

[15] Una bolsa o talega que está hecha a base de materiales artesanales como la tela o un lienzo.

Y, por último, el viejito Tasco, extraño nombre del que nunca he llegado a saber su procedencia, tampoco lo vi nunca escrito, y nadie supo decirme como se escribía. Y además su sonido real resultaba indescriptible para mí, siendo el más aproximado Tasco. También es cierto que nunca se lo pregunté, pero no lo hice al estar seguro de que jamás habría obtenido respuesta. Para Tasco las cosas eran como eran, no cabía darle vueltas. Así, si ese era su nombre, es porque se lo habían puesto y nada podía importar lo que significara, ni de dónde viniera. Su edad, según él "mucha, pero aún insuficiente". ¿Para qué? Simplemente insuficiente. Sus ancestros y parientes vivían siempre más. ¿Su origen? Del campo. ¿De qué campo? Solo había un campo, una Pampa, una Cordillera, una sierra, un pueblo, una ciudad y una Argentina. ¿Para qué más?

No hubiera podido distinguir si era de origen guaraní, tehuelche, patagón, mapuche, araucano, pehuenche o quechua, aunque al hallarme en la provincia de Córdoba, me incliné más por un origen quechua. Llevaba un sombrero terciado en la espalda, *poncho apala* listado, sin flecos ni florituras o adornos y un pantalón gaucho holgado y viejo de los llamados bombachos turcos, con "*Chiripa de merino*"[16] de alguna pieza de tela extraña que nada tenía que ver con el tejido de los pantalones.

Todos se extrañaron de que yo hubiera ido a conocer la Pampa, pues para ellos era un

---

[16] Calzoncillo o braga de lujo. Especie de bragas holgadas que se ponían por encima del pantalón.

lugar cotidiano que no tenía nada de sorprendente. Era inmensa, calurosa en el verano, y fría y desoladora en el invierno. En la época de lluvias resultaba peligrosa, pues llovía más de lo que la tierra bebía y se formaban grandes acumulaciones de agua. A causa de su poca inclinación, sólo había un lugar por donde desalojarla: a través de la tierra. Cuando desaparecía el agua, quedaban inmensos lodazales en algunas zonas, que se convertían en trampas mortales para todos los animales que se aventuraran a atravesarlos, tanto los salvajes como las vacas, y sobre todo los terneros.

Durante el tiempo que tardaron las presentaciones, ya la penumbra había conseguido oscurecer al Sol y era noche cerrada, según ellos, a mí me parecía bastante clara. Tasco había comenzado a encender el fuego, lo hacía con suma delicadeza y cuidado. Tenía colocado un grueso tronco con apariencia de haber sido encendido y apagado varias veces. A su socuello[17], colocó algo de pasto fino y seco y sobre este, otro más grueso. Lo tapó todo con una selección de pequeñas ramas, que iban incrementando su tamaño cuanto más arriba estaban. Sacó un chisquero[18] de mecha, de su bolsillo derecho y lo encendió, sujetándolo con la mano derecha, mientras que la palma de la izquierda se deslizaba con violencia sobre la rueda del mismo. Sopló con fruición la mecha y cuando consideró que estaba lo bastante encendida, se arrodilló ante el montón de leña.

---

[17] Palabra que se utiliza para indicar a protección del viento, o las inclemencias del tiempo.
[18] Mechero de mecha al que no afecta el viento.

Arrimó el pabilo y sopló con violencia. Unos instantes después se veía una pequeña llama azulada en la punta y amarillenta en el resto. No tardó en estar encendida una enorme hoguera. Fue colocando unas gruesas piedras en forma predeterminada, incrustándolas por los diversos flancos del fuego, para que sirvieran de soporte a los recipientes de cocinar. Poco después olía a café, pan tostado y maíz asado. Y no podía faltar el mate amargo. Y sobre todos esos aromas, el de la carne desalada, asándose con chisporroteos producidos por la grasa que al licuarse caía sobre las brasas. Era un olor extraño, pero consiguió abrirme el apetito. Aunque no sabía si me invitarían a participar en el banquete.

LA PRIMERA CENA.

Nos sentamos sobre piedras en el suelo alrededor de la candela y al poco comíamos una especie de tasajo o cecina, con pan duro y mazorcas de maíz tierno, asado en las brasas, mientras terminaba de cocinarse la carne que Tasco había puesto en el fuego, ya que, según él, debería cocinarse con las brasas y había que esperar que remitieran las llamas. Kiko me ofreció un trago de vino, pero lo rechacé amablemente, indicándole que no bebía. Todos tenían hambre, era la segunda comida seria del día. La primera y más importante se trataba del desayuno. Me acerqué a la parte trasera del automóvil y abriendo la puerta posterior de la ranchera, saqué un morral en el que llevaba alimentos. Me acerqué a la fogata y comencé a sacar latas de almejas, sardinas, mejillones e igualmente carne en conserva y mortadela. Las fui abriendo y entregándoselas a Tasco, quien las distribuía con una destreza envidiable, dividiéndolas de forma que llegaran para todos. Al entregarle la lata de carne en conserva murmuró algo como "¡Cuánto tiempo!". Tras mi indagación, me explicó que su familia se la daba cuando era un pibe[19], pues a veces las traían los frailes. Ante esto, todos renunciamos a comer de esa lata e hicimos que se la tomara él. Su inexpresiva cara, translucía algo que podíamos traducir como satisfacción de un *gourmet* ante el más apetitoso y exquisito bocado.

---

[19] Niño o joven.

Llegó la hora del café y cada uno buscó su pote, yo saqué un vaso plegable de la mochila, que luego regalaría a Tasco al marcharme, pues le llamó poderosamente la atención. Esa primera vez, el café no me pareció bueno, es más, lo encontré bastante malo, parecía una infusión de achicoria[20].

Entregué el paquete de cigarrillos a Óscar, para que lo rodara entre los presentes. Unos segundos después todos fumábamos, a la vez que bebíamos el café. Tasco puso un recipiente de agua al fuego y a los pocos minutos surgieron unos botes con unas hierbas dentro. Tasco fue poniendo agua hirviendo en los recipientes y al poco aspirábamos el aroma de algo llamado "mate"[21], que se iba bebiendo con una especie de pajita o pitillo rígido elaborado en madera y acero. A mí me prestaron el que tenían para cuando venía el patrón a visitarlos. Esto alegró a todos los presentes y la conversación de monosílabos se convirtió en una amena charla. Sabía que el mate, al igual que el té, tenía propiedades que producían una agradable sensación, incluso había leído que era conceptuado como droga por algunos puristas y rebatido por otros teóricos que le atribuían unas propiedades similares al té. Me agradó, pero con bastante azúcar, pues era muy amargo.

A través de la conversación supe que estábamos a varios días de camino de donde se

---

[20]La **achicoria** es una planta que posee numerosas propiedades médicas. Es conocida también por ser un excelente sustituto del café.

[21] Infusión similar al té, hecha con yerba mate. Tradicional en América desde la Época Precolombina.

encontraba la hacienda, al paso de la manada. Con el verano los pastos eran más escasos y se desplazaban con los animales para buscar otros nuevos, pues los pasturajes que había en la heredad eran para el ganado de engorde, principalmente para los terneros de destete. Me explicaron también que Tasco era viudo, el resto excepto Kiko, eran casado y con varios hijos. Estaban contentos, pues para ellos suponía casi una fiesta recibir a un forastero.

Yo preguntaba por todo y por todos, y me contestaban a la mayoría de las preguntas, aunque si me dirigía a Tasco, lo único que conseguía que dijera era lo evidente que era todo. Tenía una explicación rotunda para cualquier circunstancia. El estar lejos de la familia no era ni bueno, ni malo; ni triste ni alegre, simplemente era el trabajo y se hacía. No se había hecho de noche, ni antes ni después de su hora, sino a la hora que se debía hacer de noche. En cambio, era conocedor de preciosas historias. Al amor del fuego, al calor del vino y con la alegría proporcionada por el mate, se fueron soltando las lenguas, comentando que su patrón, Don Carlos, descendiente de españoles mixturados con indio, (lo que en realidad se denominaba un criollo, aunque para ellos era un gaucho, (había un dicho de que" Gaucho solo respeta a Gaucho") poseía una hacienda enorme. La casa del patrón debía tener más de treinta habitaciones, luego estaba la del capataz y su familia, las de los trabajadores con rango, y por último, las de los peones. Era lo más parecido a un pueblo, pues entre unos y otros, con hombres, mujeres y chiquillos habría casi cuatrocientas almas.

—Grande debe ser el predio. Comenté.

—El más grande de estos pagos. Aseguró Rodolfo.

—Con decirle que hay miles de cabezas de ganado —indicó Carlos —.Hay como diez equipos que reparten puntas de ganado en distintos pagos para aprovechar los pastos. No solo hay vacas, también grandes rebaños de ovejas que son llevadas a otras zonas que tienen pastos diferentes.

—No es eso lo más importante. Puntualizó Óscar. —Hay un matadero que se abastece solo de la propiedad y mata casi cien reses al día. Además, en la Hacienda se produce el cultivo de maíz y pastos para el ganado y leche que se lleva en cisternas a Santa Rosa; gallinas y pollos, patos y ocas. También produce carne, huevos, verduras, tubérculos, frutas, trigo, avena y otros cereales. La finca tiene sus propios molinos y además de cubrir las necesidades de la gente que la puebla, diariamente se suministran huevos, carnes, verduras, granos y otros productos a Santa Rosa y diversas poblaciones.

—Entonces el patrón es gente de *plata*. Comenté.

—De mucha *plata*. Bien aviados quedarán sus hijos cuando falte, que Dios no lo quiera, pues *güeno* como él no serán ni Carlitos, ni la Palomita. Sentenció Óscar.

—Por lo que puedo apreciar ustedes estiman al patrón. Aseveré.

—Mucho. Contestaron casi a coro.

—Yo lo conozco desde que nació. Comentó Tasco.

¿GAUCHOS?

La curiosidad me azuzaba y no pudiendo resistir les pregunté. Mi fin, entre otros, era conocer a los gauchos de los que tanto había leído.

— ¿Todos ustedes son gauchos?

Hubo un murmullo contradictorio, se escuchaban síes y noes. Tasco tomó la palabra para explicarme.

—Mira Gallego, *ahorita*, en verdad, hay y no hay gauchos. Antiguamente, el gaucho era una persona trashumante que cuidaba de las vacas, y no es que fuera una raza especial, por lo general nacía en la pampa o el campo, y consagraba su vida al cuidado del ganado. Se acompañaba de su *Mina o China,* y los *pibes* nacían ya sabiendo de montar a caballo, de reses, pastos y el cuido de los terneros, así como ayudar a los partos cuando alguno venía mal. Otros, los llamados Gauchos Matreros, eran fugitivos de la justicia, que para no ser capturados se erradicaban en la pampa. Algunos eran delincuentes, ladrones, asesinos, o habían matado a alguien por accidente y otros eran perseguidos injustamente, denunciados por criollos poderosos para quitarles sus tierras, haciendas, ganados y en ocasiones a sus mujeres. Pero todos ellos tenían en común que estaban dispuestos a enfrentarse a cualquiera, incluso a la justicia para defender su libertad. La realidad es que ahora somos *piones o vaqueros,* pero la tradición sigue marcando estos *pagos*, y para las gentes de las ciudades y los no acostumbrados al campo, seguimos siendo gauchos, y nosotros mismos, por nuestro tipo de vida, que pasamos varios meses al año llevando las vacas de pasto en pasto, sinceramente, algunos nos consideramos como los gauchos viejos. Además, como el gaucho es una figura del folklore argentino, hay poblaciones que celebran fiestas y ferias en su honor y acude mucha gente vestida de gauchos, aunque para mí la mayoría son disfrazados. Llegan con grandes autos, se hospedan en los mejores hoteles, comen en los más caros restaurantes y llevan vestimentas nuevecitas llenas de abalorios y adornos. Quizá alguno sea un gaucho de verdad. Pero la mayoría son pura apariencia, y solo van a lucirse.

»Se realizan concursos de labores del campo y del ganado, y hay algunos que desbravan bien los potros, lazan terneros y los marcan, y algunas otras cosas de las faenas del campo, pero son gente que se entrena para dar el espectáculo y ganar concursos.

Empezaba a ponerse el sol y aunque para mí como citadino, resultaba muy temprano, eran las 20 horas. Para mis compañeros, que se levantaban antes del alba, ya que entre 4 y 5 de la madrugada comenzaban a moverse las reses de la manada, empezaba a ser tarde. Poco a poco se fueron levantando de las piedras situadas alrededor de la hoguera, y utilizando las monturas, las mantas y los ponchos, realizaban en forma sistemática algo parecido a unas camas, para dormir sobre el suelo de tierra pisada. Cada uno elegía un sitio que ya tenía determinado y que, al observarlo en la mañana siguiente, me dio la sensación de que tenían la forma de los cuerpos de cada uno de ellos. El más renuente a acostarse era Tasco, que con la disculpa de limpiar y ordenar todo, parecía eludir el encuentro con el sueño, que quizá no le trajera recuerdos demasiado agradables, a la vez de que dicen que a medida que se envejece se precisa dormir menos.

Le ofrecí un cigarrillo que él aceptó con gusto, a la vez que me enseñaba una petaca hecha de cuero de vaca cosida a mano con finas tiras de cuero, en la que guardaba picadura en hebras de un tabaco de marca para mí desconocida, que olía fuerte. Pero que estaba seguro que sería más sano que el Marlboro americano que le había brindado, ya que sería absolutamente natural picado directamente de las hojas de tabaco.

Me miró, al igual que hizo con el cigarrillo, a la vez que, en un acto instintivo, producido por la costumbre de su tabaco liado, sopló la punta para que no se apagara, y me dijo: — Es muy suave, casi no se nota el humo y me agrada su perfume.

—Sí.

Contesté con una especie de parsimonia desconocida e inusual en mí. Parecía que me hubiera contagiado de esa falta de prisa en actuar o contestar, que había apreciado en los nativos.

Pero no lo hacía exprofeso, tan solo salía así. Continué:

—La verdad es que el suyo debe ser más sano. A este le ponen colorantes, le suavizan el sabor y le ponen filtro para que se aspire menos nicotina. Así que nos acostumbramos a esos sabores y dar una bocanada de tabaco natural como el suyo, nos hace toser y hasta llorar. Creo que con la excusa de la civilización lo deformamos todo. El tabaco es oriundo de acá y fue llevado a España y Europa cuando el descubrimiento y la conquista, lo mismo que los tomates, las papas y otros vegetales.

Después de esto, permanecimos largo tiempo sin hablar, no sabía si le había desagradado mi corta perorata, o que simplemente no le importaba. Solo nos mirábamos. Parecía que el anciano intentara leer mi mente y conocer mi vida por mi comportamiento. Aunque dudo que pudiera hacerlo, yo estaba tranquilo e intentaba hacer lo mismo con él. Observaba sus arrugas, sus cicatrices, su vestimenta, sus gestos,—creo que hasta su forma de respirar. Saqué solo la conclusión, de no saber distinguir su edad, su raza, su forma de pensar y nada de nada.

Su inexpresivo y anciano rostro, lo único que traslucía era que había tenido una vida intensa y dura, además de muy larga, pero sin saber cuánto tiempo, ni él mismo sabía los años que tenía. Aunque su edad poco importaba, pareciera que se hubiera convertido todo en fibra, y no pudiera envejecer más su cuerpo. Me dio la sensación de que debería llevar varios años así, sin que se le notara envejecer.

Comenzó a contarme. —Cuando yo era *asin,* señalando con la mano una altura de menos de 80 centímetros, los ancianos de mi pueblo me contaban que cuando nuestra tribu vivía en las llanuras, cultivaban mandioca, papas, tomates y otras verduras, y cazaban aves y animales que vivían en los arbolados y alamedas. Que mi pueblo era feliz, tenía de todo. Y que si veían que se iba terminando o los animales, agarraban recelo y se alejaban, ellos cambiaban el poblado. Que encontraban gran cantidad de frutos y bayas silvestres y enseñaban a los niños a cazar, pescar y recolectar. Pero yo no conocí eso, solo recuerdo a un pueblo triste que se marchó a lo alto de las montañas, en lo que llaman La Cordillera. Frío, nieve, poca caza, poca pesca, vegetales pequeños y escasos. Y un fraile que por todo daba gracias a su dios. Pensaba que, por causa de su dios, los nuestros se habían retirado, abandonándonos a nuestra suerte. Un suerte mala y llena de sufrimientos. Perdí a mi padre cuando era un pibe, no tendría más de siete años, no sé cuántos, de verdad, pues que yo siempre fui menguado. Fuerte como un toro, pero con muy pequeño tamaño.

»Al morir mi padre, mi madre y yo, casi vivíamos de las ayudas de otras familias de la tribu. Hasta que crecí y decidí llevarme a mi madre. Total, pior no nos podía ir. Al fraile se le ocurrió comentar que nos íbamos a aventurar sin cobijo por "esas tierras de Dios". Y yo le contesté que esperaba que no estuviera a donde fuéramos. Que poco se preocupaba por los cristianos y que nosotros nos estábamos muriendo de hambre. Esa forma de contestar la aprendí de mi padre, que siempre discutía con el fraile.

»Vivimos de lo que nos daban las gentes. De hacer pequeños trabajos en los campos y haciendas. Vagamos por muchos meses, durmiendo en el campo, o donde nos dejaban. Y mi madre se enfermaba. Hubo un tiempo que odié a los españoles que nos echaron de nuestras tierras. A ti no, gallego, tu no tienes culpa. No habías nacido por aquel entonces y te veo buena gente.

Notaba la tristeza en su voz, que emanaba de una congoja anidada en el alma desde tiempos ancestrales, quizá heredad de su pueblo. Sus ojos que normalmente estaban como cubiertos por un fino tul, debido a los muchos años vividos y a las muchas cosas vistas, ahora, los notaba como vidriados, tal que parecía que llorara sin lágrimas, o como si lo hiciera con lágrimas secas como yo ya había vivido. Sus manos, nervudas, ancianas, que asemejaban a ramas secas, entrelazadas fuertemente, como si intentara aferrarse a una esperanza, o estrangular a la mala fortuna que le había acompañado cuando niño. Le ofrecí un cigarrillo. Lo mantuvo durante varios minutos en su mano derecha, mientras que con la irada perdida en algún sitio perdido en el tiempo, parecía evocar unos recuerdos que le transportaban al pasado. Yo permanecí en silencio con el mechero en la mano, dispuesto a darle lumbre cuando se llevara el cigarrillo a los labios. Era como si se hubiera parado el tiempo, como si estuviéramos carentes de vida ambos. Al final, llevó el cigarrillo a su boca y le di candela. Aspiró una bocanada de humo, profunda, interminable, como si intentara volver a la vida. Me miró y dijo algo como: —Perdona Gallego, son los recuerdos. No contesté, no me podía permitir romper su comunión con los pensamientos que le inundaban. Tras unos minutos de silencio dijo:

—Durante muchos años, anidé la venganza en el alma. Quería destruir a los que destrozaron a mi gente. Pero *aluego* comprendí que esos habían muerto hacía muchos cientos de años. Que ahora *semos* lo que *semos*, por nuestra propia culpa. Porque los indios hemos sido silenciosos, no hemos tenido el coraje de defender lo nuestro hasta la muerte. Y poco a poco, nos ha ido eliminando. Primero fueron los españoles, después los criollos y sus descendientes, y ahorita los propios argentinos. Y no digo nativos, porque los nativos *semos* nosotros, los indios, aunque no tengamos nuestras tierras, nuestras costumbres, nuestras leguas, nuestros dioses.

Su tristeza me contagio, pero era una tristeza preñada de odio hacía aquellos que, con la excusa de descubrir nuevas tierras, se apropiaron de ellas. Y de sus hijos, que a pesar de mezclarse con los indígenas, habían seguido propiciando las injusticias. Guardé silencio. El me miró y pareció comprender mis sentimientos. Tomó un pocillo de mate y comenzó a sorber con lentitud. Ya no dijimos nada más. Como media hora después, nos retiramos a dormir.

Después del monologo de Tasco entendí que había llegado la hora de dormir, y fui derivando la conversación hacia esos derroteros. Por un momento surcaron mi mente ciertas dudas. Dormir con cinco hombres que acababa de conocer, y de los cuales nada sabía, solo que cuidaban ganado en medio de una llanura inmensa. ¿Debía tomar el auto y separarme? Eso sería una descortesía y desconfianza imperdonable ¿Bajar el saco de dormir y ponerlo en cualquier parte? Quizá eso sería una invasión de su casa. No me habían invitado a ello. Mejor optar por dormir en el automóvil con puertas abiertas en señal de confianza.

Un tiempo después, fui a la ranchera, abriendo todas las puertas para que corriera el aire y extendí mi saco de dormir. Al estar los asientos posteriores abatidos, el espacio era lo suficientemente amplio para poder dormir dentro, pues la portezuela trasera se abría en sentido vertical, alargando el espacio posterior en más de medio metro. Me desnudé dejándome la ropa interior y metiéndome dentro del saco, poco después estaba dormido. Me encontraba realmente cansado del viaje, y pienso que también de tantas experiencias nuevas vividas en tan corto espacio de tiempo. Me despertó el manoteo de los caballos, al sentir que sus jinetes se aproximaban a ellos. No sabría decir si su movimiento nervioso era de alegría al sentir cerca a sus compañeros, o quizá de reticencia a estar enjaezados durante tantas horas. Al amanecer, los cuatro más jóvenes ensillaron sus monturas, y después del desayuno emprendieron sus quehaceres desapareciendo en el horizonte.

El desayuno fue breve y rápido, pero intenso y en cantidad suficiente para afrontar las múltiples horas de trabajo que les esperaban. Unas tortas de maíz, un tarro de café, algunas sobras de la noche anterior, algo de tasajo o cecina seca. Los muchachos haciéndole alguna broma al viejo Tasco y la dedicación a asegurarse que las monturas habían comido y bebido, que estaban descansadas y en condiciones de realizar su larga tarea. Algunas caricias a los equinos, que se me antojaron las que un padre le dedicaría a su familia antes de marchar a trabajar, no eran sus animales, eran sus compañeros, sus amigos. Subieron a las cabalgaduras y los vi partir sin premura alguna hacia la manada que ya pastaba y se desplazaba lentamente a lo lejos. No sabía si las vacas con su tranquilidad pasmosa habían conformado el carácter de los gauchos, o si, por el contrario, estos habían conseguido en alguna forma extraña contagiar a las vacas. Eran tal para cual. Pareciera que las vacas conocieran el camino. Aunque en realidad, como me enteraría luego, se dejaban llevar por la humedad de una charca o laguna cercana, a la que iban a beber cada día en la mañanita. Ellas podían oler el agua, quizá los gauchos también. Yo no podía, posiblemente por tener mi olfato atrofiado.

El día transcurrió intentando conocer al anciano gaucho. Pero no fue fácil, ya que era hombre de pocas palabras. Poco acostumbrado a alternar con extraños y con pocas cosas que comunicar, si bien estaba seguro de que en su interior se hallaban arraigadas una enorme cantidad de vivencias. Aunque algo comenzó a fluir cuando le comenté sobre la planicie de la pampa, su poca flora y fauna y que daba la sensación de ver como se curvaba la tierra en el horizonte. A partir de ese momento, me enunció una cantidad extraordinaria de plantas y animales que vivían en la pampa y que yo jamás habría podido suponer. Entendí que nuestra presencia los hacía esconderse en unos casos, alejarse en otros y en la mayoría, yo no sabía verlos.

Cuando el Sol estaba en lo más alto del firmamento, vimos llegar a uno de los muchachos. Tasco se levantó y le entregó una talega de tela que tenía preparada. El jinete la tomó sin palabras y casi sin parar y siguió camino por donde había llegado.

El anciano me explicó con pocas palabras que se trataba de la comida del mediodía, que preferían venir a buscarla porque así estaba recién hecha y, además, cuando en tiempos anteriores se la llevaban desde la mañana, en alguna ocasión la habían perdido.

Me invitó a comer con él, y le hice una propuesta. Tenía en mi despensa del auto una variedad de latas y saqué una de caraotas (judías) negras venezolanas, una lata de carne esmechada, un paquete de arroz y me puse a prepararle un plato criollo de Venezuela que se llama Pabellón Criollo, aunque me faltaban los plátanos machos para hacerle tostones.

A Tasco le pareció exquisita la comida, y a partir de ese momento pareció abrirse la puerta de la confianza entre nosotros. Entre ambos preparamos la cena con algunas de las provisiones que yo llevaba en el carro. Me costó trabajo, pero al final, conseguí convencer a Tasco para que hiciéramos una mezcla de comida española, venezolana y argentina. La verdad, desconocía lo que iba a salir realmente. Pero al parecer, a los muchachos, acostumbrados a comer casi lo mismo todos los días, aquello les pareció un banquete de gourmets. Terminada la cena y después de que ellos realizaran comentarios de como les había ido el día, se me ocurrió preguntar:

—¿Tasco, conoces como fue el descubrimiento y conquista de estas tierras, cuando los españoles llegaron?

El aludido contestó. —Conozco muchas historias que me contaron en mi pueblo. Pero ninguna fue buena. Al principio llegaban cambiando cosas que traían por comida y adornos de oro o plata. Pero una vez que descubrían que los indígenas tenían ese tipo de adornos, los maltrataban y torturaban hasta que conseguían todos los que poseían y de donde los habían sacado. Y si no tenían, dejaban de ser interesantes para ellos, y masacraban pueblos enteros. Mataban a los hombres y a las mujeres ancianas o poco atractivas para ellos y se llevaban a las jóvenes, niños y niñas, para venderlos, y según algunos que conseguían escapar, las montaban en sus barcos para llevárselas a España.

»Era tanto el terror que despertaban, que cuando los nativos veían que se iban acercando a sus poblados, los abandonaban y se alejaban de sus tierras dejando la mayoría de sus pocas pertenencias. Mi pueblo antes vivía en las llanuras, rodeados de bosques, ríos, animales y plantas. Pero se tuvo que retirar a la cordillera, después de que varios de nuestros guerreros vieran como un nutrido grupo de soldados, arrasaban un poblado por no tener nada que ofrecerles. Violaban a mujeres y niñas e incluso a los niños. Y nada podían los moradores contra las armas de fuego que portaban y los trajes de hierro que las flechas y lanzas no podían atravesar. Así que el jefe de nuestro poblado, al tener conocimiento, mandó que se dirigieran a la cordillera. Y después de agónicas semanas de viaje, se instalaron en una zona inhóspita, esperando que los españoles no llegaran hasta allá.

»Pero mi pueblo comenzó a pasar penurias. Los ríos, al estar cera de los nacimientos eran menos caudalosos y tenían poca pesca. Los animales no eran abundantes, ya que, a esa altitud, muchas de las especies no vivían. Las grandes arboledas desaparecieron y con ellas muchas de las frutas de las que nos alimentábamos, así como la dificultad de conseguir maderas a las que estábamos acostumbrados para realizar nuestros utensilios y armas. Los vegetales que nacían silvestres eran pocos y tuvieron que comenzar a sembrar para poder alimentarse, pero crecían más pequeños que en las llanuras. Incluso los niños que nacían, al ir haciéndose mayores tenían menor estatura. Lo que antes erra un pueblo alegre, se fue llenando de tristeza. Hasta que un día, los hombres decidieron bajar y si era preciso hacerle la guerra a los invasores. Salieron mensajeros que fueron recorriendo otras tribus, para intentar formar una especie de ejército de distintas etnias, que por su número, pudiera presentar batalla y expulsarlos. Pero los pueblos tenían miedo, y la cantidad de guerreros que consiguieron reclutar no fue tan grande como esperaban. De todos modos, decidieron pelear por conseguir recuperar sus tierras, esas que habían sido de sus ancestros. Volver a encontrar la vida que habían perdido y recuperar la felicidad. Se enfrentaron a un numeroso grupo de hombres y la mayoría de los indígenas murieron en la batalla. Solo escaparon unos pocos, al parecer, de mi pueblo solo lo consiguieron cuatro, que malheridos y agotados, pudieron llegar hasta el poblado. Pero eran perseguidos por los españoles y cuando llegaron, los habitantes vieron que a gran distancia llegaban soldados. Aterrorizados abandonaron el poblado y siguieron subiendo por las montañas. Y cuanto más arriba llegaban, más dura era la vida, ya que se pasaba la mayor parte del año nevando. Un día, unos cuantos jóvenes, decidieron buscar venganza. Se entrenaron con una dureza, que solo habían conocido los ancianos, en una época que un cacique quería apropiarse de todas las tierras y propiedades de los pueblos vecinos.

»Durante años, se entrenaron en atacar y huir. Matar a uno o a unos pocos y escapar. Llegaban silenciosamente a los campamentos y eliminaban a los vigilantes. Entraban, y apuñalaban o degollaban a unos cuantos soldados. Luego se escondían lejos de donde actuaban. Y buscaban otros asentamientos diferentes para realizar las mismas actuaciones. Ellos pensaban que podrían acabar con los invasores, pero para más que mataban seguían llegando otros nuevos. Después de años haciendo la guerra de ese modo, comprendieron que nada conseguían. Por eso tomaron la decisión de subir nuevamente al poblado. Cansados y derrotados perdieron la esperanza. Después de muchos años llegaron españoles acompañados de frailes a nuestro poblado. Pero ya habían cambiado. No mataban por matar a los indios como ellos llamaban a los nativos. Ahora, imponían sus dioses y dejaban frailes viviendo en los poblados. Había que aceptar a sus dioses y sus costumbres. Pero los pueblos nativos se fueron acostumbrando. Después, con el tiempo, las tierras se fueron llenando de extranjeros que se apropiaban de ellas y no había posibilidad de que los indígenas tuvieran tierras propias, y al final o marchaban o los mataban, cazándolos como si de fieras se tratara, y esa costumbre ha permanecido en el tiempo, aún hoy escuchamos que han matado a indios por entrar en las propiedades de los hacendados.

»Pero ahora ya no son solo los españoles. Hay de todas partes del mundo. Y cuando llegan, se compran las tierras que fueron nuestras y se instalan, y luego sus hijos, y los hijos de sus hijos. Los únicos que no tenemos derecho a ellas somos los indios. Yo viví esa amargura con mi madre, ya que mi padre murió y al final bajamos de la Cordillera y después de muchas vicisitudes conseguimos llegar acá. El antiguo patrón nos acogió y dio trabajo. Y mi madre pudo morir en paz cuando yo era aún un pibe.

»Pero no terminó el exterminio con la conquista española. Cundo gobernaba Perón, se hizo una terrible matanza de los Pilagás[22] (Ver en bibliografía). Han sido muchos los presidentes y las dictaduras que han exterminado a los indios, acabando incluso con pueblos enteros. En Argentina, los nativos no *semos naide*. Incluso hay un censo especial para los indios. Algunos que hemos adoptado la vida de ciudadanos "normales", como estamos declarados como trabajadores, tenemos papeles. Pero muchos nativos no los tienen.

---

[22] En octubre de 1947, durante el primer gobierno de Juan Domingo Perón, la Gendarmería Nacional abrió fuego sobre comunidades indígenas en Formosa. Cientos de pilagá asesinados, violaciones de mujeres, muerte de ancianos y niños. La matanza fue invisibilizada durante años, pero el Pueblo Pilagá nunca olvidó, ni perdonó. Historia de una lucha. Por Valeria Mapelman.

Había oído hablar mucho de la Pampa y tenía ganas de compararla con otras grandes superficies que conocía y que me habían impresionado. En 1972 había visitado el desierto del Sahara español por motivos de trabajo y me había impresionado su inmensidad y muchas de sus características. Un par de años después, conocí la sabana de Guinea, muy rica en vegetación y arbolados diversos, aunque con enormes extensiones de praderas. Luego, años después, había conocido la Sabana de Venezuela. Cuando oí hablar de ella por primera vez, la imaginé igual a la africana, pero en realidad nada tenía que ver. Ahora me encontraba en la Pampa, que muchas personas me habían comentado que se parecía a las sabanas que ya conocía. Pero lo que había visto hasta el momento era diferente.

Esa mañana, cuando se marcharon los muchachos, le indiqué a Tasco que quería pasear con el automóvil para conocer un poco la Pampa. Se echó el sombrero para atrás, y me dijo:

—Gallego, será mejor que te acompañe. Puedes terminar perdiéndote.

Aquello me asombró, yo lo veía todo plano y en mi mente se formaba una figura en la que podía ver la manada desde cualquier parte de la Pampa. Se lo hice saber al anciano y me invitó a que marcháramos un rato en cualquier dirección. Como a los 10 minutos me dijo que detuviera el auto.

Se bajó y me pidió que hiciera lo mismo y le indicara donde estaba la manada, o el cobertizo, o el polvo de las reses al moverse. Todo estaba plano, no había montículos, crestas, hierbas altas o arbolados. Nada se interponía, pero no veía nada. Es más, me sugirió que le indicará en qué dirección estaban las reses y como no me había desplazado con el mapa y la brújula, señalé una dirección errónea.

Me miró y se sonrió, mientras que me decía: —Gallego, no te equivoques con la Pampa. Y cuando te muevas en auto o a caballo, ves tomando siempre referencias del sol o las estrellas. La curvatura del terreno te esconde los objetos cuando te alejas.

Volvimos a subir al automóvil y me indicó que fuéramos en una dirección que él señalaba con la mano. Como veinte minutos después de un enorme traqueteo de nuestro pobre transporte, divisamos una enorme charca, o quizá fuera más apropiado llamarla laguna, pues había ranas, sapos, peces, grullas y otras aves, e incluso notaba como una especie de leve oleaje que llegaba a las orillas. Entiendo que era el efecto de la brisa sobre la quieta superficie. Quedé asombrado. En la noche había olido humedad en el ambiente, aunque pensaba que podía ser el rocío. Pero recordé que la manda se movía al llegar la madrugada para ir a beber.

Era una vista hermosa, agua hasta donde alcanzaba la vista. Hierbas y matas verdes, muchas flores de distintos colores. Una inmensa cantidad y variedad de aves, desde pequeñas a grandes. Animales que se aproximaban a beber y nos observaban desde la distancia. Insectos voladores y rastreros.

Quedé impresionado y se lo hice saber a Tasco. —Nunca imaginé que pudiera haber este paraíso en medio de tanta tierra seca. Es hermosa. Me entran gansas de meterme. Pero, por otro lado, me reprime pensar que podemos contaminarla.

—No te preocupe contaminarla, los animales se meten en ella y en parte es lo que permite que sea como es. Cuando sacamos el ganado en estas cantidades, siempre tenemos que asegurarnos que haya agua en abundancia. Pastos siempre hay en la pampa, de mejor o peor calidad, pero el agua no abunda demasiado. Yo, con todos los años que llevo, solo conozco como diez sitios seguros, y algunos de ellos cuando el verano es seco se vuelven escasos.

Regresamos hasta el cobertizo y comenzamos a preparar la cena. Mejor dicho, Tasco comenzó a preparar la cena, aunque antes de irnos a nuestro paseo, había dejado una perola grande cerca de la lumbre y cuando llegamos estaba hirviendo y siguió haciéndolo hasta la llegada de los muchachos.

LA SEGUNDA CENA.

Casi sin darnos cuenta se había ido adentrando la tarde. Lo comprendí cuando a lo lejos divisé cuatro puntos que se aproximaban levantando sendas volutas de polvo, que durante unos instantes en su ascenso, permanecían separadas como arranques de tornados incipientes, y luego se unían como si se tratase de una espesa niebla que persiguiera a los jinetes.

Tasco comentó: —Hoy regresan más temprano. Debe ser por la novedad de que estáis vos acá.

Los muchachos llegaron formando bulla, con la despreocupación que ya había podido observar en ellos, y echando pie a tierra, procedieron a asearse como ya había visto en la tarde anterior. Con la diferencia de que era más pronto, casi dos horas menos.

Realizaron la ceremonia de aseo para la cena, y pocos minutos después estábamos dando cuenta de unas judías guisadas, acompañadas de arroz blanco, unas tortas de maíz pilado y una carne curada en salazón, que llevaba dos días remojándose para perder la sal y casi día y medio cocinándose en un puchero de hierro fundido, hasta conseguir una textura medio comestible.

Nino bromeó dirigiéndose a Tasco. — Mi viejo, parece que se os olvidó ponerle sal a la carne.

Todos rieron, ya que, si no se mezclaba con las judías y el arroz, resultaba casi incomestible, pues a pesar del remojo no había perdido toda la sal.

Tasco se rió a carcajadas, lo mismo que todos los presentes y comenzó una historia. Pero al comenzar la narración vi que su rostro se demudaba, su piel adquiría un color más cetrino, sus ojos se oscurecían, y se notaba un rictus duro en sus labios y su frente. Es como si un odio ancestral recorriera su torrente sanguíneo, como si el solo recuerdo despertara heridas aparentemente cerradas, pero que solo estaban cubiertas por una leve postilla. Yo había visto eso antes, en pueblos que reclamaban venganza y que estaban consumidos por el odio. No sabía asociarlo a nada de lo ocurrido hasta el momento, por lo que pensé que debería estar relacionado con la historia que iba a comenzar, o con algo que le recordaba esa historia, despertando vivencias terriblemente dolorosas.

—Recuerdo un invierno de hará treinta y pico de años, o quizá cuarenta, o incluso cincuenta. No lo sé, *pos* como ya me voy haciendo viejo se me olvidan los tiempos. Fue un invierno *de_sos* duros, con nieve, viento frío y escarcha en las aguas. El frío mataba hasta las reses. Menos mal que llegó cuando ya hacía mucho que acabó la paridera, si no, se habrían muerto toditos los terneros. Pero ya *mamones* y al *destete*, se campearon bastante bien con los fríos. Algunos murieron, lo *mesmo* que algunas madres e incluso un padrote. El frío se presentó de improvisto *pa'* mí. Yo vivía en la Pampa con el Viejo Gaucho y hacía como casi dos meses que me había dicho:

»Tasco, tenemos que buscar troncos, pos el invierno va a ser mu frío. Pero no pa' la candela, esa se alimenta con lo que nos sobre. Hay que buscar troncos largos y hacer una empalizada al socuello de aquella garganta. Cuando llegue el frío metemos allá al ganado. Durante días, habíamos ido a la garganta para estudiarla. Era larga de como quinientos metros y ancha como de doscientos o más. La verdad es que no la medimos. Las paredes eran verticales, casi imposible escalar por ellas y en la parte más baja tendrían como treinta metros de altura, pasando de los setenta en otras. Estaba cerrada en el fondo, por lo que en realidad era como una bolsa enorme con una sola entrada que también era la única salida.

» ¡Pero jefe, allá van a estar mu pero que mu ceñidos los bichos!

»Eso es lo que quiero. Pos el calor de unos ayudará a los otros y no morirán de frío. Algunas puede que mueran aplastadas por las otras, pero serán las menos. La que muera la sacamos y la aprovechamos para el sustento. Y dicho y hecho. Subimos al poblado para buscar sierras, hachas, picos, palas, sogas, alambres, clavos y otros pertrechos. El Viejo Gaucho se lo explicó al viejo patrón y no quería creer lo que le decía El Viejo Gaucho. Al final y después de

mucho discutir, El Viejo Gaucho se calentó[23] y le dijo a Don Enrique. *Es mi tiempo y mi trabajo y voy a cortar árboles y a hacer la empalizada.*

»El patrón lo miró y se rió, diciéndole al final que hiciera lo que le viniera en gana, *pos* no iba a conseguir cambiarle las ideas. Aunque en realidad se lo dijo con otras palabras mal sonantes.

»Nos llevamos una carreta con cuatro caballos de tiro, las herramientas y a tres peones. Además de nuestras monturas. Después de más de dos días de camino, parando solamente tres horas para que descansaran los caballos, llegamos a las estribaciones ya metida la noche. Nos aseamos, comimos y nos echamos a descansar los maltrechos huesos, *pos* de venir al paso de la carreta estábamos más cansados que viniendo a la marcha del caballo.

»En la mañana *mu* temprano, casi no había amanecido, El Viejo Gaucho comenzó a golpear una *perola*. Nos despertamos y desayunamos lo que él había preparado, que era abundante. En el camino solo habíamos comido tasajo y tortas de pan de maíz. Así que había preparado carne que, aunque estaba en salazón, solo había tenido la salmuera durante dos días, por lo que lavándolas con agua en remojo desde la noche antes, estaba como fresca y recién cortada de la vaca. Las raciones asadas eran generosas y con las tortas de maíz, un buen tarro de café y un vaso de vino, de unas botellas que le

---

[23] Enfadó.

había hurtado al patrón, nos pusimos en condiciones de afrontar lo que *juera*. Terminamos la pitanza y nos fuimos a buscar los árboles. Subimos y subimos por la falda, por unos senderos que no los había pisado *naide* en muchos años y una carreta nunca. Los caballos tiraban con fuerza y la carreta lloraba como si fuera un niño enfermo, y nosotros empujábamos con todas nuestras fuerzas hasta quedarnos sin resuello.

»Los *piones y yo mesmo* nos quejábamos de lo duro del camino y que era imposible avanzar por esas veredas de rocas, esquivando árboles y precipicios. El Viejo Gaucho nos miró y se rió a carcajadas, mientras decía, "Son ustedes como mujercitas quejonas. Por acá, arriba de la montaña, subieron los españoles hace más de 400 años sus cañones, municiones y pertrechos. Así que sean hombres".

EL PASEO NOCTURNO

Esa noche, cuando todos se fueron a dormir, avisé que iba a dar un paseo a pie, necesitaba bajar la cena, estirar las piernas y hacer que mi cerebro funcionara, intentar acomodarme a una situación diferente y digerir los últimos acontecimientos. Me avisaron que no me alejara demasiado o que tomara un rifle, a veces había lobos que bajaban y buscaban las presas más fáciles y un hombre era más fácil de cazar que una res en la manada.

La noche estaba ligeramente fresca y soplaba una leve brisa. El cielo era azul intenso, salpicado de miles de puntitos de distintos colores e intensidades. La luna, casi en un círculo completo, alumbraba como un inmenso faro que permitía ver todo con un color ligeramente plateado. En algunos lugares lejanos, se apreciaban pequeñas nubes rasgadas, sin espesor ni consistencia, podían verse las estrellas como difuminadas a través de ellas. Al haber cesado las conversaciones y el ruido que producíamos los seis hombres, comenzaron a escucharse sonidos que antes eran imperceptibles. Los pastos movidos por la brisa; mis lentas y cuidadosas pisadas; algunos insectos zumbando en el aire; ranas que croaban lejos llegando amortiguada su voz; el tenue mugido de protesta de alguna res; el resoplar de un caballo que no parecía encontrar la postura cómoda para descansar.

Noté el revoloteo y zumbido característico de algunos mosquitos que al parecer querían alimentarse de mí, pero parecía que no encontraran forma, ya que como la noche estaba fresca, me había puesto una camisa de mangas largas, dejando al descubierto solo la cara y las manos. Y como estaba fumando, parecía que el humo del cigarrillo no les agradara demasiado. Ya había observado que cerca de la hoguera no se acercaban y ni siquiera zumbaban. Pero no le había dado importancia, aunque ahora sí que la cobraba, pues en el futuro para evitar las picaduras molestas, lo mejor era estar en contacto con el humo.

No me di cuenta del transcurso de las horas, hasta que Kiko m dijo que me acostara, que él seguiría la guardia. Fue en ese momento que comprendí porqué todos dormían con tranquilidad. Yo, sin proponérmelo, había hecho la primera guardia. Al comprenderlo me sentí uno más del grupo. Ellos confiaban en mí a pesar de ser extranjero y nuevo en el grupo. Sentí una extraña sensación de integración y en mi fuero interno me propuse reforzarla teniendo un mayor contacto con ellos, asumiendo tareas e intentado integrarlos a ellos a mi vida, aunque fuera por corto tiempo.

Esta vez, saqué el saco de dormir del automóvil y lo situé próximo a donde todos dormían, pero cuidando de guardar la distancia que ellos parecían guardar entre sí y con respecto a la hoguera. No sabía por qué, pero debería tener algún significado. Ya lo iría averiguando. Mis pensamientos y elucubraciones me impedían dormir, y cundo miraba la hermosa bóveda celeste me quedaba absorto y extasiado de tanta belleza. Me había acostado boca arriba, cosa extraña en mí, que siempre dormía sobre un costado. Y cuando me desperté estaba mirando al firmamento. No sabía a qué hora me había entregado a los brazos de Morfeo, pero sí vi que eran las cuatro y treinta y cinco de la mañana. Mis compañeros ya estaban desayunando y me jaleaban para que comiera antes de que no quedara nada.

Solo tomé café, no tenía el cuerpo para comer, me imaginé que habría dormido menos de dos horas, y cuando eso me ocurría, no había forma de que me entrara algo en el estómago. Y además se me presentaba por lo general un día de beber y orinar continuamente.

Cuando los muchachos marcharon, me puse a ayudar a Tasco a lavar y ordenar los peroles. Recogí los restos de alimentos y basuras, y como ya había observado me desplacé a una zona como a cien metros del círculo de convivencia y con una pala procedí a enterrar los restos. La verdad es que los restos eran casi inexistentes, acostumbrados a la cantidad de basura que generaba una familia en la ciudad, acá no llegaban ni a la vigésima parte. No había plásticos, ni papeles, ni cajas, solo restos de materia orgánica. Esto me hizo pensar como se había ido degradando la vida y las costumbres.

La rutina del día fue similar a la del día anterior. Recoger y ordenar el campamento, preparar la comida del mediodía para los caballistas y esperar que vinieran a recogerla. Alistar la cena para cuando llegaran.

Al igual que el día anterior, la llegada también fue más temprano de lo normal. Era la novedad de poder hablar de cosas diferentes con una persona distinta. En un ámbito tan cerrado como era la Hacienda, y más aún el quinteto de hombres que convivían durante meses sin contactar con nadie de fuera de ese grupito. La novedad era entretenida, ya que ellos me contaban cosas de la pampa y yo de Venezuela, Europa y de mis correrías por varios países del mundo.

La cena fue amena como la de la noche anterior, pues la camaradería entre los cinco hombres era más allá de la familiaridad. Creo que cualquiera de ellos habría dado la vida por los otros. Eran muchos años juntos, compartiendo alegrías y sufrimientos, venturas y desventuras.

Después de la cena, con un pocillo de mate, Tasco volvió a retomar la historia donde la había dejado la noche antes.

»En el primer descanso, El Viejo Gaucho dijo que la carreta se quedaba allá, *pos* si la cargábamos por esos caminos se rompería y no conseguiríamos nada. Yo le pregunté la manera en que íbamos a transportar los troncos y él me miró y se rió con una risita que yo conocía bien, de esas que te están diciendo tonto, pero sin decírtelo. Subimos un buen trecho con los caballos y bordeamos un escarpado. Cuando estábamos en lo alto, El Viejo Gaucho nos mandó a acampar. Yo creí que se había equivocado y le pregunté si prefería que acampáramos montando todas las cosas o simplemente nos parábamos a realizar la jornada de trabajo.

»*Nos vamos a quedar acá varios días. Los árboles cortados los dejamos despeñarse por esta ladera y cuando bajemos pelamos el ramaje que les quede. Después arrimamos la carreta a un trecho bueno y con los caballos y cuerdas arrastramos los troncos. Asín los montamos, y cada vez que tengamos la carreta llena los bajamos, descargamos y volvemos a subir. Aunque si los desbrozamos bien, y buscamos hacerlos deslizarse por los sitios oportunos, llegarán a la falda de la montaña y el trecho de acarreo con la carreta será bien corto y rápido. Y en algunos casos, solo con arrastrarlos con los caballos los llevaremos al sitio.*

»La preparación del campamento no fue sencilla, porque, aunque estábamos en una de los lugares más planos, la espesura de los árboles nos dificultaba poder tener el espacio necesario. Teníamos que montar dos especies de tiendas con unas lonas que habíamos traído desde la hacienda, *pos* en la noche, allá arriba arreciaba el frío, y el rocío de la noche terminaba mojándolo todo; hacer sitio para el acopio de las herramientas y peroles; preparar una zona para el fuego, con espacio para cocinar y sentarse a comer y platicar; despejar de maleza y talar algunos árboles de la zona para evitar que algo o alguien pudiera acercarse sin que lo viéramos; preparar un terreno para que los caballos pudieran estar cómodos y vigilados; buscar una zona para usarla como letrina sin que nos llegara el olor, y tampoco los bichos que suele atraer un sitio así, y tenía que ser con tierra blanda para poder echarla encima y enterrarla.

»A pesar de trabajar duro adecuando el terreno, se nos *jue* casi el día. Bueno, hay que contar que mucho tiempo lo perdimos en la subida, pos el terreno era muy escarpado y de difícil acceso, sobre todo con las bestias. Pero las necesitábamos allá arriba y además las teníamos que tener a la vista. Nadie sabía si pudiera haber fieras o cuatreros por la zona. Así, que ese día nos acostamos temprano. Cenamos en silencio, casi sin comentarios y establecimos las guardias para la vigilancia de la noche. Nos acostamos, y yo creo que fue tan poco tiempo que casi me levanté sin dormir. Aunque el Viejo Gaucho nos dijo que *jueron* seis horas largas.

»Trabajamos duro, unos cortábamos con sierra y otros con las hachas. Los gritos de "árbol va" parecían sobreponerse y sin terminar el eco de cada grito, comenzaba el otro. Daba miedo ver caer los troncos, *pos* se precipitaban como muertos con un estruendo aterrador, del roce contra la tierra, de los choques con árboles que aún estaban en pie, el crujido de ramas al romperse y quedarse en el camino, que lejos de ser un estorbo para los siguientes troncos, era como una cama que hiciera un tobogán que permitía un más fácil deslizamiento. El sonido inundaba la montaña, resonando en ecos lejanos que poco a poco se iban extinguiendo. Empezamos por los árboles que estaban más cerca de la rampa del desfiladero y al caer, ellos solitos agarraban el camino de bajada. Algunos se quedaban atorados, pero el que venía detrás los arrastraba. Si alguno de los trocos quedaba cruzado, nos encargábamos de encaminarlo, y en algunos casos cortarlo para que no pudiera hacer un tapón que parara a los otros, ya que, si llegaba a formarse, habría sido un trabajo enorme deshacerlo, además del peligro que podía conllevar.

El paisaje visto desde lo alto de la montaña era hermoso, sobre todo al amanecer. Nos encontrábamos en la cara este y veíamos nacer el sol desde abajito, como si lo estuviera pariendo la madre tierra. Parecía sonreír cada mañana, con unos rayos dorados, vivos, descansados, agresivos por su luz de oro reluciente, pero acariciantes por el leve calor que comenzaban a transmitir después del frío de la noche. La Pampa a los pies de la falda, con distintos colores y matices que proporcionaban los diferentes tipos de plantas y flores, así como que estuvieran verticales o fueran inclinadas por el viento. El aroma del arbolado, el polen que algunas plantas desprendían por el viento, o al ser arrasadas por los deslizantes troncos. O las hojas caídas de árboles que recibían el impacto de los troncos al deslizarse, que incluso dejaban huellas como de dentelladas que arrancaran

parte de la corteza, dejando heridas que se
curarían con el tiempo.

»Al cuarto día El Viejo Gaucho bajó a darle una vuelta al ganado. Se fue a pie, caminando. Decía que el trecho de subida era muy duro para los caballos y que los necesitábamos descansados para su tarea. Partió con el amanecer y regresó al anochecer. Dijo que todo estaba bien y que con un par de días más tendríamos bastantes troncos. Nos alegramos y ya parecía que viéramos la empalizada levantada, así que trabajamos con más fuerza y ánimos. Al sexto día empezamos a recoger las cosas en las primeras horas de la tarde. Desmontamos las tiendas, cargamos a los caballos con todos los peroles y aperos, sogas, sierras, hachas. Apagamos bien las candelas. Enterramos toda la basura que habíamos producido en esos días, y nos dispusimos a bajar.

Cuando emprendimos el camino yo iba pensando en dormir en la cabaña. Mi sorpresa fue grande cuando El Viejo Gaucho mandó que montáramos el campamento al lado de los troncos que habían caído desde arriba. La tongada era espantosa. Estaban casi todos los maderos amontonados y algunos esparcidos a bastante distancia de los otros. Estábamos tan cansados que tendimos las lonas sobre algunos de los troncos acumulados y nos cobijamos debajo. No teníamos fuerza para montar las tiendas. Buscamos un lugar para amarrar a los caballos, pero que pudieran acostarse, *pos* si nosotros estábamos cansados, los animales también debían estarlo. Descargamos los peroles y aperos dejándolos amontonados en donde cayeron, y nos dormimos desalentados y sin cenar siquiera, solo algunos muerdos de tasajo *pa´* que no se quejaran las tripas. El desánimo pienso que era generalizado. Al menos el mío, pues de ver lo que había que mover y llevarlo a la carreta, cargarlo, bajarlo, descargarlo y por último trabajarlo, y colocarlo haciendo la empalizada, pensé que no terminaríamos *pa'* los fríos.

»A la mañana siguiente comenzamos a cortar ramas y ramas y más ramas. Cuando ya empezaron a verse troncos desnudos, atamos tronco por tronco y tiramos de cada uno con los caballos. Algunos, aunque estaban clavados entre los otros, eran atados por El Viejo Gaucho, quien pasaba la cuerda por encima de un tocón de una rama gruesa, la otra punta a los caballos, y los desclavaba. Luego ya podían ser arrastrados como el resto. Muchos de ellos se encontraban atorados en medio de la pendiente, por lo que, al desatascarlos, emprendían una veloz bajada que los llevaba casi al nacimiento de la falda, e incluso más allá dando saltos y volteretas. Otros, que desplazarlos a la vertiente hubiera costado más trabajo, los enganchábamos con cuerdas y con los caballos tirábamos de ellos p*a'* cargarlos en la carreta. El Viejo Gaucho nos hizo construir una especie de embarcadero con troncos, que descansaban sobre otro madero a la altura del lateral de la carreta. Deslizábamos los árboles ya pelados por esos troncos y caían directamente en la carreta, quedando ya casi colocados. Lentamente los *juimos* bajando hasta el lugar donde estaría la empalizada. La bajada era lenta y peligrosa, *pos* a pesar de ir frenado la carreta con los frenos y con palos que hacíamos rozar sobre ellas, los caballos tenían que soportar un enorme peso, que unido al traqueteo del camino los ponía en riesgo de lastimarse y la carreta de en cualquier momento romper alguna de las ruedas. Pero como íbamos muy despacio decidimos subir por las mañanas y bajar al anochecer, pues de esa forma mirábamos el ganado y estábamos más cómodos, aunque ello significaba dormir una hora menos. Y eso que ya dormíamos poco, *pos* el Viejo Gaucho, parecía que no se cansara y no precisara dormir *pa´* reponer *juerzas*.

»Este trabajo de acarreo nos llevó alrededor de diez días. En el último, uno de los peones que se llamaba Francisco, vio por encima de nosotros, un tronco enganchado como a diez metros en la pendiente. Sin decir nada subió por el escarpado y lo vimos cuando estaba llegando al tronco. El Viejo Gaucho y yo comenzamos a gritarle que no lo tocara, pero o no nos oía, o no quería hacer caso. El Viejo Gaucho gritó que nos subiéramos a algún árbol, a todo lo alto que pudiéramos. Corrimos y nos encaramamos donde pudimos. Al poco, cuando aún estaba trepando, escuché un ruido y un grito terrible. Giré la cabeza viendo cómo el tronco y Francisco bajaban dando vueltas, mezclados con tierra y piedras de la ladera. Cuando pasó el polvo y dejaron de moverse los árboles a los que nos habíamos encaramado, vimos el tronco, y a Francisco semienterrado entre piedras. Estaba ensangrentado y con toda la ropa hecha harapos. Nos acercamos a socorrerlo, aunque pensábamos que estaría muerto. ¡Estaba vivo!, lo levantamos con cuidado y lo llevamos hasta la carreta y con esta hasta la cabaña. Uno de los peones *tomó* un caballo y partió en busca de un médico. El Viejo Gaucho nos hizo ponerlo en su camastro y sacó una afilada cuchilla con la que cortó todas las prendas de Francisco, dejándolo como su madre lo trajo al mundo. Tomó un recipiente con agua y un trapo blanco y comenzó a lavarlo con sumo cuidado. Viendo que se quejaba, le dio varios tragos de una botella de licor para que se emborrachara, y después de limpiarlo, comenzó a palparlo para reconocer los huesos rotos. En la espalda tenía un corte feo que sangraba. Con una aguja e hilo de coser la ropa le hizo un remiendo, lo tapó con un trapo y le echó licor. Después le entablilló la pierna y el brazo derecho y le vendó el pecho y la espalda, pues según él, tenía costillas rotas. Le palpó la cabeza y retiró los dedos llenos de sangre. Afiló la navaja y empezó a raparle toda la cabeza, desde el cogote *pa_lante*. Tenía otro feo corte y se lo cosió igualito que el de la espalda. Lo dejó sobre el lecho y se marchó.

»Al rato volvió con un manojo grande de hierbas y le dijo al peón que quedaba, que las cociera en tres recipientes distintos por separado. Uno debía retirarlo al ver que el agua se movía en el fondo del caldero, el siguiente cuando las burbujas llegaran arriba a la superficie del agua y el último cuando viera que se consumía el agua hasta la mitad. Después de la cocción, mezcló con tierra roja el contenido del último de ellos y con ese barro le fue haciendo emplastos sobre las vendas y los entablillados. Utilizó el segundo para lavar las heridas. Y el primero lo vertió en un vaso e hizo que Francisco lo bebiera. Después me miró y dijo: *Tú sabes rezar hijo. Reza, pos está en las manos de Dios. Si Él quiere se salvará y si no, no haremos nada, aunque llegue el médico.*

»Ver y sentir a aquel cristiano sufriendo, en un equilibrio entre la vida y la muerte, que pa *'mí* se inclinaba más al lado de la muerte. A veces pensé que hubiera sido más humano pegarle un plomazo y acabar con su sufrimiento. ¿Pero quién se lo daba? ¿Era de cristianos o un pecado? ¿Buscaría venganza su familia pensando que podía haberse salvado? Además, ¿Quiénes éramos nosotros *pa'* decidir entre la vida y la muerte? *Asín* que siguió sufriendo, entre trago de brebaje de *yerbas* y de aguardiente.

»Estuvo tres días delirando y con fiebre. Algunas partes de su cuerpo se habían hinchado exageradamente y se quejaba de fuertes dolores. Cuando esto ocurría, le hacíamos beber del caldo de las hierbas y si le dolía mucho le dábamos un buen trago de licor. Al amanecer del cuarto día apareció Don Enrique acompañado de un médico. Examinaron al enfermo y el doctor hizo que le quitaran todos los vendajes hechos con trozos de trapos, camisas y sábanas. Revisó las heridas y volvió a vendar a Francisco, pidiéndole al Viejo Gaucho que le volviera a poner los emplastes de barro. El patrón y el médico se quedaron dos días allá para curar al herido y que tuviera fuerzas para no morirse en el viaje. Le preparaban caldos de carne con verduras y las *yerbas*, que al parecer le hacían de antibióticos, a la vez que de calmantes. Le levantaban los vendajes y limpiaban las heridas, colocándole unas pomadas que habían traído y volviendo a vendarlo. Y lo iban cambiado de posturas para que no le salieran llagas.

Y mientras ellos cuidaban al herido, nosotros nos dedicábamos a hacer los agujeros en el suelo y clavar los postes que sujetarían la empalizada. Luego comenzamos a colocar los troncos horizontales, dejando una estrecha entrada para el ganado. El resultado era un corral inmenso, con las paredes formadas por la propia falda de la montaña, que estaban cortadas en vertical como si hubiera sido hecho a pico. Y una angosta abertura de unos 60 metros de ancha, que nos habíamos encargado de cerrar con los troncos, formando una fuerte empalizada. Cuando la quisimos terminar, ya hacía días que se habían marchado el patrón, el médico y Francisco. Los cuatro estábamos extenuados. Había sido un trabajo duro y con grandes exigencias por su larga duración y el enorme esfuerzo diario.

El sistema de cierre era sencillo, unos troncos horizontales que se deslizaban entre postes verticales, dejando seis porteras distintas de cuatro metros, y separadas entre ellas varios metros. De ese modo podíamos regular el flujo de ganado para que fuera más rápido o más lento, sin el peligro de que arrancaran toda la empalizada. Las abríamos por la mañanita dejando que el ganado saliera con naturalidad y las cerrábamos por la tarde recogiendo todas las reses.

»Sin saber por qué, el Viejo Gaucho comenzó a sentirse mal. No se quejaba, pero yo lo veía diferente. Le pregunté en varias ocasiones y solo me dijo que estaba ya viejo y que tanta brega lo había cansado. Durante casi una semana me tuvo muy preocupado, *pos* le veía mala cara. Luego empezó a mejorarse y a caminar por el campo. Lo hacía *mu* despacito y se sentaba a cada rato, pero no decía nada y tampoco se quejaba. Yo lo veía mejor y cada día notaba que se recuperaba. Cuando hubo pasado otra semana, ya estaba tan entero como antes y esta vez sí contestó a mis preguntas.

»*Mira hijo, es que ya estoy viejo y con tanto esfuerzo como he hecho, la otra noche sentí que se me desbocaba el corazón y galopaba sin tino. Luego pareció que por un momento se parara y comencé a sentir un dolor muy fuerte en el brazo izquierdo y además parecía que me asfixiara, me dolía el centro del pecho, desde el estómago hasta la garganta. Creía que me iba a morir.*

»Me quedé muy preocupado, aunque me dijo que ya no le dolía y que había recobrado las fuerzas. Le pedí que si le volvía a dar, me lo dijera. Pero, aun así, lo vigilaba continuamente, *pos* que era como un padre para mí. Y tan lejos de la hacienda, si se enfermaba, seguro se me moría en el camino antes de llegar al médico.

»Los dos peones se marcharon para la hacienda y nosotros nos quedamos en el *pago*.

Pasaron los días, las semanas, y al segundo mes empezó una ola de frío, que congelaba hasta la respiración. Durante el día dejábamos que el ganado pastase, y por la noche lo metíamos detrás de la empalizada. Se daban calor unas a otras y conseguimos no perder demasiadas reses, a pesar de que nevaba copiosamente durante la mayoría de los días y las noches. Pienso que la causa de la muerte de algunas de las reses fue el aplastamiento Cuando encontrábamos muerto a uno de los animales, le quitábamos la piel y troceábamos la carne, la salábamos y hacíamos *tasajo*, lo que ustedes llaman cecina. Parte de la carne la reservábamos colgada al fresco, en el porche de la cabaña. Se conservaba como en un congelador, hasta el punto que para usarla, teníamos que entrarla el día antes en la cabaña para que se descongelara, y cuando la precisábamos, la asábamos y nos la comíamos en fresco. Dormíamos en la cabaña y siempre teníamos fuego encendido, *pos* dormíamos por turnos. La nieve y la escasez de comida atraían a los lobos o los pumas que intentaban cazar en el rebaño.

»Una noche, estando yo de guardia, noté a los animales inquietos y se lo dije al Viejo Gaucho. Tomando el rifle salí a ver qué era lo que ocurría y en la oscuridad de la noche, distinguí diez o doce puntos brillantes, así que me eché el rifle a la cara y disparé entre dos de ellos. Escuché un chillido y el golpe de un cuerpo al caer. Repetí por varias veces la operación y cuando dejé de ver puntos luminosos me acerqué. Había cinco lobos en el suelo. Me descuidé por un momento y escuché dos ruidos, uno producido por un lobo que saltó hacia mí, y el otro sobre mi espalda, golpeándome el hombro derecho y tirándome al suelo, producido por el Viejo Gaucho gritando algo que no entendí mientras me empujaba. Él se enredó en el aire con el lobo y rodaron por el suelo. Cuando lo vi levantarse, de su mano derecha pendía el lobo muerto, con la garganta destrozada. Lo tenía sujeto con sus dedos, como si fuera una garra. En aquel momento pude ver que en el pecho del Viejo Gaucho había mucha sangre. Me acerqué y tenía un enorme bocado sobre la tetilla izquierda. Lo acompañé a la casa y le ayudé a desvestirse. Tenía la carne hecha piltrafas. Me pidió aguja e hilo de coser y viendo que yo no era capaz de hacerlo, él *mesmo* se lo cosió entre trago y trago de alcohol, a la vez que desinfectaba la herida. No le oí una queja, ni le aprecié un gesto de dolor. Sabía que le dolía, pero no lo demostró.

Terminado el relato sobre el Viejo Gaucho, nos dispusimos a preparar la cena, ya que se aproximaba la hora del retorno de los muchachos. Más tarde, cuando ya estábamos terminando de cenar, los muchachos solicitaron que Tasco nos contara una de sus historias. Él era una persona sumamente reservada, pero al abrigo de la lumbre y en buena compañía, volvió a abrir su corazón y dejó que emanaran sus emociones en forma de sencillas historias. Era un momento especial, íntimo, aquel en que los gauchos se unen alrededor del fuego, y su humo, con el mate y la *compaña*[24] hace que puedan vaciar el alma de penas y pesares, que

---

[24]La compañía agradable. A diferencia de la Santa Compaña que se refiere a la muerte.

posiblemente se hagan jirones en el viento o terminen devoradas por las llamas.

Así, con su característico sosiego, Tasco explicó a los muchachos que me había respondido a preguntas sobre la historia de la tala de árboles en la montaña. Ellos conocían perfectamente esta narración, porque se había extendido por toda la hacienda, dado que se había salvado el ganado gracias a la pericia del Viejo Gaucho. Y además siendo de la zona, conocían perfectamente las costumbres, que yo por ser extranjero ignoraba. Seguidamente, mirándome directamente a los ojos me dijo que como indio que era, y aunque había nacido cientos de años después de la historia que iba a contar, en su corazón había rencor contra muchos de los españoles. Que no me lo tomara como cosa personal, pues yo era buena gente y no tenía nada contra mí. Que, al contrario, que había hecho que pensara que también había españoles buenos.

Se lo agradecí y le hice comprender que sentía vergüenza y dolor por lo que habían hecho mis paisanos hacía quinientos años. Pero que desde hacía como trescientos, ya la corona española no pintaba nada, pues gobernaban los Criollos, mezcla de extranjeros (no solo españoles) e indígenas. Y que unos y otros habían sido igual de crueles con los verdaderos propietarios del continente americano. Y que Argentina era una de las tierras de América en que menos indígenas quedaban, dado que los propios argentinos fomentaron el genocidio de los pueblos indígenas.

Tasco retomó la palabra para decir:
—Pero para que puedan llegar a entender en profundidad lo sucedido, deberán conocer algo el modo de pensar y de vivir de los indígenas de entonces. Aún hoy, ni siquiera los criollos, llegan a aproximarse a los principios que regulan la vida de los indios actuales y sus tribus.

Tasco continuó explicando que cuando era un pibe y vivía con su tribu en la Cordillera, allá había un cura español.

—No era mala gente, pos dentro de sus posibilidades nos ayudaba en las épocas de carencia, pero sí tenía la costumbre que para ayudarnos nos debíamos confesar de nuestros pecados. ¿Pero qué pecados podríamos tener nosotros, aislados en medio de La Cordillera, sin contacto con *nadie*? Algunos se inventaban los pecados para conseguir ayuda cuando el hambre o la necesidad acuciaban. Teníamos que aparentar que habíamos renunciado a los dioses de nuestros ancestros. Y él sabía que eso no era posible, pues era como renunciar a nuestra identidad. Desde pequeñitos, nuestros abuelos, nuestros padres, y los Ancianos de la Tribu, nos enseñaban los nombres de los dioses y para que servía cada uno. Así como qué era lo que los enfadaba o los ponía contentos. Los indios tenemos dioses para todo, para las cosechas; para las lluvias; para el calor; para la caza, para la pesca; para el matrimonio; para sanar a los enfermos. Para cualquier cosa de nuestra vida cotidiana, o cada situación de emergencia como son las guerras tenemos un dios diferente. Yo, después de tantos años conviviendo con criollos. Los sigo teniendo, y a esos, les aumentamos el dios de los cristianos, que nos fue impuesto. Sin tener en cuenta que estas imposiciones hacían que, en lo profundo de nuestros corazones, naciera odio hacía aquellos, que por la fuerza nos obligaban a aceptar nuevas creencias. Y eso que ya estábamos acostumbrados a cientos de años de dominio. ¿Qué sentirían aquellos, que de pronto se veían expoliados, masacrados, apresados, martirizados? Un terrible odio, que aún llega hasta nuestros días.

»Nos decían que creer en varios dioses era de idólatras, de salvajes. Que solo había un Dios, y luego nos enseñaban que Dios Padre, Dios Hijo y el Espíritu Santo, eran uno solo. Y si preguntábamos si entonces era un dios con tres nombres, nos decían que no, *qu_eran* tres personas distintas, y entonces preguntábamos ¿Entonces son tres Dioses? No, y como no podían explicarlo era un misterio. Y luego, que la madre de dios, quedó preñada sin tener sexo con un varón. También era un misterio. Nuestros dioses no tenían misterios. Que su dios era todo bondad. Pero, sin embargo, cuando se ponía bravo, nos castigaba. ¿Qué habíamos hecho nosotros para estar castigados con hambruna? Entonces, eso era la voluntad de dios. Yo nunca he comprendido. Que los que morían siendo buenos y estando bautizados iban al cielo. Los malos bautizados, iban al infierno. Y los otros al Limbo, ¿Buenos y malos *mezclaos*? Aún con lo viejo que soy no me he enterado. Si creíamos en otros dioses estábamos en pecado mortal, Pero ¿quién podía decir cuál era el mayor dios?

UN TERRITORIO SIN NOMBRE

»En aquella época ni Argentina existía, y mucho menos los Estados Federales que conocemos como Provincias. Toda América era un territorio, en el que desde más de 16.000 años existían tribus, que en un modo u otro habían acotado unos territorios de caza, pesca e incluso de agricultura. Cada una de las tribus conocía los límites de sus territorios. Pero era frecuente que se realizaran incursiones en territorios vecinos, a veces por caza o pesca, en ocasiones por robar mujeres para ampliar sus tribus, y en otras, las más, para demostrar tener mayor poder bélico y poderse imponer a sus vecinos.

»Entre las tribus las había que formaban poblados permanentes, que iban ampliando a medida que aumentaban sus miembros. Estas, por lo general tenían sus cotos de caza y pesca y con el tiempo también sus huertos, su ganado doméstico, hacían cestas y alfarería, etc., aunque tuvieron que transcurrir muchos cientos de años para esa evolución.

»Había otras que eran nómadas, que hacían sus campamentos con la idea de que durarían poco tiempo, ya que por lo general explotaban la tierra hasta agotarla en una o dos cosechas, mientras cazaban y pescaban en zonas muy próximas al campamento, con lo cual agotaban rápidamente las existencias de animales. Y por tanto tenían que migrar a otros lugares, con lo cual se establecían luchas entre invasores e invadidos.

»Existían semi nómadas, que tenían un campamento permanente para su familia, pero se dedicaban a realizar incursiones en otros territorios, estuvieran poblados o no. Y a pesar de las enormes extensiones de millones de kilómetros cuadrados y exigua población, que no llegaba a los 9 millones de habitantes, continuamente se hacían guerras por los territorios, quedando latente el síndrome de la venganza que permanecía por generaciones y generaciones, llegando incluso hasta nuestros días. El indio no olvida.

»Las tribus preferían morir a ser expulsados de sus territorios. Y eso, aún hoy, sigue siendo igual y muy poco ha cambiado.

»Tasco mirando a los muchachos les dijo —Ahora voy a continuar esa historia, en una parte que ninguno de ustedes conoce. Continuó explicando sus vivencias con el Viejo Gaucho y todo lo que había aprendido de él. En ese remanso de paz, comenzó a desgranar la siguiente narración:

»Un día, al caer la noche encendimos una hoguera y nos sentamos cerca de ella, *pos* allá arriba hacía frío y la luz de las llamas nos protegía de los bichos y alimañas. Yo pensaba que tal vez el estruendo que habíamos ocasionado con la tala de árboles y su caída, alejaría a todos los seres vivos y peligrosos, pero el Viejo Gaucho me había dicho, que eso lo hacía con algunos, pero que otros eran atraídos por el ruido. Que, por ejemplo, los lobos, los pumas y otras fieras, al principio se asustaban, pero poco después, pasado el sobresalto inicial, eran atraídos por el ruido, pues en alguna forma sabían que había otros animales que comer y además debían defender su territorio. Los peones, que eran jóvenes, empezaron con las *chanzas* y de broma en broma, se metieron en camino peligroso, *pos* el Viejo Gaucho, al ver que estaban con comentarios sobre difuntos, se arrellanó en la peña en que estaba sentado; encendió una pipa que solo usaba en momentos muy especiales, y esbozó una sonrisa, que al verla iluminada por la candela que le llegaba desde abajo, resultaba tan siniestra, que yo *mesmo m_asusté*. Azuzó la candela con un trozo de rama y comenzó a contar la siguiente historia:

»Hace ya cientos de años, acá mesmo, había una tribu de indios. En esa época, en lo que hoy es Argentina, no existían provincias, ni demarcaciones, cada tribu tenía sus territorios en los que vivía, cazaba y algunos cultivaban. La vida transcurría con una cierta normalidad, que podríamos valorar como felicidad. La sierra producía verduras, raíces y frutos silvestres en abundancia, y otros eran cultivados por las mujeres en rudimentarios huertos que permitían el sustento de las familias de los poblados. La caza era abundante y los hombres mataban las piezas necearías para cubrir sus necesidades alimenticias. Aunque cuando se acercaba la época del frío, cazaban en abundancia para tener reservas para el invierno, y conservaban las carnes salándolas o congelándolas en los ventisqueros, para no pasar hambre en los

tiempos que las nieves impedían la caza y el cultivo.

»El enfrentamiento entre tribus no era frecuente, aunque sí se producía por obtener mejores territorios de caza, o incluso por el frecuente robo de jovencitas que eran secuestradas para ampliar sus familias, dado que en algunas tribus nacían menos hembras que machos y necesitaban robar mujeres para formar las familias, si bien en la mayoría de los casos, esa mujeres siempre tenían un estatus cercano a la esclavitud, ya que no eran aceptadas íntegramente por el resto de la tribu, y especialmente por las mujeres, que siempre las consideraban como intrusas.

»En aquella época, la vida de los indígenas era mucho más dura que la que tenemos en la actualidad, carente de la mayoría de las comodidades que disfrutamos hoy. Pero era natural, desarrollándose de acuerdo con los ciclos de la naturaleza, con frondosos bosques repletos del ombú, del Quebracho colorado, de las Araucarias, de Caldenes, de Lengas, de Lahuán, de coníferas, de Palmeras yatay o de Cury, el algarrobo y chañar según las regiones naturales. Y praderas con pastizales pampeanos compuestos de carqueja y trébol, de paja voladora, yerba de oveja, cebadilla criolla, flechilla negra, romerillo blanco, abrojo, machín, manzanilla y algunas otras no predominantes. Con la primavera, el suelo se cubría de gramíneas y con las lluvias varias especies florecían en rojo, blanco y azul dando un colorido espectacular. Y en lo referente a los animales y la

caza, si aún hoy existen una gran cantidad y variedad de especies, en esa época, en territorios vírgenes, casi no hollados por el hombre, debemos imaginar que las variedades eran inmensas, aunque aún hoy podemos ver las cabras de monte, caburés, comadrejas, el gato montés, el puma, el zorro gris y el zorrino, perdiz montaraz, lagartos, murciélagos, palomas montaraces, perdices serranas, zorros, cuises, ranas y sapos que permitían a los nativos gozar de un sustento regular, aunque en ocasiones por la climatología se presentaran épocas de escasez.

»Estos territorios, divididos por las diversas tribus, a pesar de sus frecuentes reyertas y luchas, convivían dentro de un orden aceptable, ya que se trataba de grandes extensiones de terreno, aunque el egoísmo y las ansias de poder de algunos caciques llevaban a enfrentamientos y rivalidades que eran innecesarias.

UBICACIÓN DE LOS POBLADOS

»La mayoría de los poblados se encontraban enclavados en territorios fácilmente defendibles, que habían sido seleccionados estratégicamente para caso de ataque, y por lo general estaban rodeados de empalizadas rudimentarias que impedían el acceso a extraños que intentaran atacarlos. Dentro del recinto, no solo estaban las chozas que servían de morada a los pobladores, sino que tenían huertos y almacenes para las viandas necesarias para casos de asedios, así como aljibes o manantiales de agua que les permitían la subsistencia, algunos animales domésticos y zonas comunales.

Aunque en el caso de la etnia denominada Comechingones o "Kaminchingon", antes de la conquista vivían en semi cuevas, teniendo que cambiar su modo de vida debido a la vulnerabilidad que representaba.

»A la vista de extranjeros, las tribus indígenas parecían estar en estado salvaje, viviendo casi como animales, que improvisaban sus acciones según se iban presentando las situaciones. La realidad es que se trataba de sociedades perfectamente estructuradas, donde cada individuo tenía su rol, sus deberes y obligaciones, así como sus derechos, que, aunque eran diferenciados en función de sus estatus, eran respetados por todos. Los trabajos de hombres, mujeres y niños, estaban claramente

diferenciados, y salvo en épocas de escasez, su realización permitía tiempo para disfrutar de la naturaleza y la vida, porque el entorno invitaba a ello, disfrutando de los soleados días con cielos azules intensos, campos floridos con plantas multicolor y deliciosos aromas, animales silvestres que por lo general no temían al hombre, pues la caza se reducía a los sacrificios imprescindibles para la manutención de los poblados, abundante agua en ríos que fluían libremente.

»El trabajo de las mujeres se basaba principalmente en el cuidado del hogar y de los hijos pequeños, el cultivo de pequeños huertos, la recolección de vegetales, el curtido de las pieles, el curado de las carnes y otras labores consideradas menores. El de los jóvenes era educarse para la guerra y la caza en el uso de las armas, para defender su territorio y a sus gentes. El de los hombres era la caza, la pesca, cuando debían adentrarse en territorios de otras tribus, y sobre todo prepararse para la guerra. El de los ancianos, asesorar en las actuaciones y acciones a tomar, conservar viva la historia de los antepasados, enseñar a defender el honor y no olvidar nunca tomar venganza cuando algún miembro de sus tribus era asesinado sin honor.

»Pero un día, aparecieron unos hombres vestidos con trajes relucientes, y portando armas desconocidas para aquellos antiguos y sencillos moradores. Venían de otra parte del mundo, con costumbres y poderes extraños. Inicialmente en algunos poblados esos hombres fueron tomados por dioses. En la mayoría de los casos fueron *agasajados como invitados, proporcionándoles alojamiento, comida, cortesía y ayudas.*

»Primero fueron pocos en llegar, por lo cual los alojaron dentro de los recintos de los poblados, compartiendo su modo de vida con ellos. Pero en el transcurso de los días fueron llegando más y más, hasta constituir verdaderos ejércitos, que al notar que se encontraban en una posición de poder, comenzaron a mostrar su verdadera naturaleza y la causa de su presencia. Empezando por no respetar la higiene, que usualmente era el hábito de los pueblos nativos, alejando y enterrando los residuos alimenticios y secreciones o excrementos. Lavándose con asiduidad y esmero. Mientras que los visitantes, cubiertos de pelos en todo su cuerpo, realizaban sus necesidades en cualquier lugar, arrojaban los restos de comidas por doquier, no se lavaban y desprendían un olor nauseabundo.

»Lo siguiente fue el maltrato a los nativos, exigiendo oro y riquezas que los indígenas no tenían y en algunos casos ni sabían qué eran. El abuso de las mujeres y niñas, esclavizar a los hombres y usarlos para realizar tareas que los invasores no querían hacer. Obligar a algunos a convertirse en sus guías y usar unos poblados para atacar y destruir otros. Fomentando y azuzando guerras tribales, con el fin de apropiarse de las riquezas que guardaban en sus poblados, a la vez de debilitar y disminuir el número de posibles guerreros enemigos.

EL TEMOR A LO DESCONOCIDO

»La llegada de hombres montados a caballo, animales que no existían en aquellos territorios, para las mentes sencillas de aquellos antiguos pobladores, ver a los extranjeros montados sobre enormes bestias representaba una visión terrorífica, ya que no conocían los caballos. Y para ellos eran como dioses o demonios dotados de grandes poderes. Seres superiores a los que respetaban y temían, pero a los que tuvieron que enfrentarse por su supervivencia. Llegaron los españoles que venían en nombre de su rey, pa' agrandar las propiedades de España. Llegaron por cientos, con armas desconocidas que disparaban fuego con ruidos atronadores, vestidos de ropajes de hierro que era desconocido para aquellos moradores, y que impedían que las flechas consiguieran herirlos, y menos aún matarlos. Se sentían poderosos y eran temidos por los sencillos habitantes de estas tierras, que incluso llegaron a creer que se trataba de dioses. Se apropiaron de tierras y poblados y todo lo que les apetecía se lo quedaban, oro, abalorios, mujeres, animales e incluso casas. El abuso llegó a ser tanto, que los indios, a pesar de haberlos recibido como amigos, tuvieron que rebelarse contra ellos.

»Y lo peor de todo no fueron las batallas, el mayor enemigo que diezmó a las poblaciones indígenas fueron las enfermedades contagiosas, tales como la difteria, el sarampión, la influenza, la rubeola, el tifus, la peste, las enfermedades venéreas. Enfermedades que mataron a millones de seres humanos que nunca había estado expuestos a esos contagios y que por tanto carecían de defensas.

»Supieron aprovechar la rivalidad de las tribus, usando a unas contra otras, apoyando a la que les convenía para masacrar a sus enemigos y apoderarse de sus bienes y riquezas. Pero poco a poco, los indígenas comenzaron a darse cuenta de la estrategia de los españoles, que los usaban para disminuir la posibilidad de levantamiento de los que ellos consideraban peligrosos o rebeldes a su autoridad.

»Dentro de su rivalidad y antagonismo de sus tribus, algunos jefes hablaron para llegar al consenso de unir fuerzas para hacer frente a aquellos extranjeros que estaban desolando sus pueblos, tierras y costumbres, y así empezó una guerra entre españoles e indios, que duró largo tiempo y causó muchas bajas, casi todas a los indígenas, pues los españoles estaban armados con espadas de acero y cañas de fuego.

»Las huestes extranjeras quemaban campos, bosques, poblados, destruían todo lo que encontraban a su paso, exterminaban a los animales domésticos y salvajes que encontraban, esclavizaban a los prisioneros sanos y mataban a los heridos y enfermos; secuestraban a mujeres y niñas, a las que prostituían y comercializaban, e incluso las mandaban a la corte española para subastarlas como esclavas sexuales. Con la aquiescencia de la corona y la iglesia. Esa iglesia que intentaba obligarlos a renunciar a sus dioses por uno más justo y generoso.

»Se crearon grupos de indígenas de diversas tribus que emboscados en la maleza y por el conocimiento del terreno, realizaban celadas a los soldados, diezmándolos y consiguiendo debilitarlos y atemorizarlos. Pero el ansia y la avaricia del oro que los cabecillas prometían, les daba el valor necesario para seguir adelante. Era tal su deseo de oro, que se mataban entre ellos mismos para poder repartirse mayora cantidad. Pero cuantos más mercenarios morían, más enviaba la corona española. Al fin y al cabo, el único costo era la organización de la expedición, y el oro que iban recibiendo de las expediciones anteriores, les permitía enviar nuevas, puesto que existía una rentabilidad.

»Los indios no podían saber que en el otro lado del mar existía un filón interminable de aventureros, asesinos y desalmados. Ni que la avidez de los monarcas extranjeros era tanta que seguirían enviando soldados a matar y a morir. Y menos podían imaginar que otras coronas como la inglesa, la francesa, la portuguesa, entrarían en la liza para repartirse el pastel, haciendo que nacieran nuevas guerras en el recién descubierto continente.

»Años de guerra y devastación, de muerte y destrucción, de eliminación de etnias completas con miles de años de existencia, de transmisiones de enfermedades desconocidas hasta entonces por los nativos. Años de intentar expulsar a los enemigos llegados del otro lado del mar que esquilmaban la riqueza de sus tierras y arrancaban la vida a sus seres queridos. Miles y *miles de indígenas murieron en los intentos. Montañas y campos quemados hasta las raíces, pueblos destruidos, esqueletos regados por doquier. Odio y deseo de libertad de los pueblos nativos, que eran pagados con sangre y vidas. En batallas desiguales y cruentas, que por lo general terminaban con la destrucción de los poblados, la captura de los vencidos y el martirio y la tortura de los sobrevivientes en las formas más bárbaras y terribles concebidas.*

»A pesar de que los poblados eran construidos en altozanos, en picos de montañas, en desfiladeros y lugares casi inaccesibles, que se construían robustas empalizadas y se preparaban defensas estratégicas. Incluso se talaban los árboles en centenares de metros alrededor de los campamentos y poblados. Las armas de los invasores, incluidos cañones y mosquetes, les permitían derrotar a los defensores que solo contaban con arcos, flechas, lanzas, y un número limitado de piedras que utilizaban como proyectiles.

»*Uno de los más terribles eventos tuvo lugar en lo alto de esta montaña. En esa meseta que se ve como a cien metros más arriba de donde estamos. Yo subí una vez hace muchos años, y no volveré a hacerlo. Aún después de cientos de años, se nota en el ambiente algo terrible. Y pueden apreciarse restos del poblado que fue atacado y destruido. Y creo que las almas de los muertos siguen guardando el sitio. Por eso hemos parado acá y no hemos seguido subiendo, a pesar que existe una enorme planicie en la meseta y faltan muy pocos metros para llegar. Y hubiéramos podido montar el campamento con mayor facilidad.*

»*Según se viene transmitiendo de padres a hijos de la Etnia Comechingón, tanto en las tribus Hênîa o la Kâmîare, se cuenta como propia la historia de la última batalla. Yo pienso que en ella participaron ambas tribus, o lo que quedaba de ellas, y que a los niños menores los dejaron escondidos en algún lugar al cuidado de los ancianos que no tenían posibilidades o fuerza para luchar. Que fueron presentando batallas contra las mesnadas españolas, acosándolos en distintos lugares y territorios, mientras se construían lo que para ellos era un lugar inexpugnable en lo alto de esta montaña. Realizando acopio de lanzas, flechas, proyectiles de todo tipo, y realizando defesas robustas que pensaban podían resistir los devastadores ataques de los cañones. Y donde nace el manantial del agua que usamos para beber y asearnos. Quizá, para el ataque de otros pueblos indígenas, hubiera sido imposible de conquistar.*

Se cortaron verticalmente las paredes de acceso a la empalizada, de tal modo que para subir fuera necesaria la ayuda desde arriba, por medio de escalas o cuerdas. Convirtiéndose en algo parecido a los nidos de las águilas. Aplanaron el terreno, construyeron fosas para poder enterrar a sus muertos, pozos para enterrar los detritus. Huertos para alimentarse, animales para su carne y su leche; depósitos de agua para poder subsistir. Conexiones con las cuevas naturales de la montaña, con la posibilidad de cegarlas con rocas en caso de ser descubiertas. Cabañas con los techos cubiertos de tierra vegetal para que no se incendiaran y se encomendaron a sus dioses.

»Por medio de los rastreadores de otras tribus rivales, las hordas españolas iban localizando lugares donde presentar batalla a los Comechingón, que desde hacía ya tiempo actuaban como un solo ejército, aunque con dos claros generales, ya que cada cacique comandaba a su gente, y en las batallas que participaban en conjunto, las decisiones emanaban de ambos jefes. La previsión de los lugares donde presentar batalla, asesorada por los guías indígenas enemigos, unida a su superioridad numérica y armamentística, hacía que los españoles inclinaran la balanza de sus victorias, consiguiendo ganar terreno que además arrasaban a su paso para evitar futuras emboscadas o fuentes de suministro para sus enemigos. La crueldad era absoluta. Cualquier

enemigo capturado era asesinado o como les gustaba decir a las mesnadas españolas ejecutado en el acto, sin piedad, sin remordimientos y dejando a las bestias sus cuerpos para que los denigraran, y no pudieran alcanzar la paz eterna.

»Años de luchas, leguas y leguas de terrenos calcinados, desérticos, sin vida, odio alimentado cada día por cualquiera de las partes. Deseos de venganza por ambos bandos. Aunque lo que ignoraban los invasores, era que el deseo de los indígenas era algo más que esperanza, era un juramento a sus dioses, era el motivo de la vida y la muerte. Desde pequeños, los niños nacidos durante esa terrible guerra juraban tomar venganza por los muertos injustamente.

»Durante una de las batallas, la Etnia Comechingón cayó en una emboscada, perdiendo a más de dos tercios de sus guerreros. Y los que quedaron con vida, en su mayoría resultaron malheridos, además de humillados. Lo que afectó fuertemente la moral de los guerreros y más la de una de las tribus, ya que su cacique resultó hecho prisionero y degollado a la vista de sus guerreros. Optaron por replegarse para curar sus cuerpos y mentes y prepararse para seguir la lucha y tomar cumplida venganza, contra los españoles y las tribus que les ayudaron.

LA BATALLA FINAL

»*El enfrentamiento definitivo tuvo lugar varios meses después, los Comechingón se habían unido bajo el mando del único cacique que había resultado vivo, replegándose al poblado situado en lo alto de esta meseta de acá encima, con la esperanza de pasar inadvertidos y de no ser perseguidos mientras se recuperaban y normalizaban su existencia. No obstante, aconsejados por los ancianos, buscaron un alojamiento distante y seguro para los menores de 12 años, los ancianos y ancianas que no pudieran luchar, y los separaron para que en caso de una batalla cruenta como era presumible, no se extinguieran las tribus como ya había ocurrido con otras, tanto antes como después de la llegada de los extranjeros.*

»*Los rastreadores de otras tribus que estaban al servicio de los invasores, consiguieron descubrir el enclave del campamento refugio y conjuntamente españoles y tribus rivales, decidieron atacar el poblado. Durante meses intentaron el asalto sin cañones. Lo escarpado del terreno imposibilitaba el acceso de armamento pesado, incluso disponiendo de caballerías de tiro. Pero el ataque era infructuoso. Las flechas y lanzas de los defensores, por su situación estratégica, alcanzaban a toda la zona libre de arboleda. Mientras que ni los mosquetes, eran capaces de alcanzar la parte baja de la meseta y menos la empalizada. Las cuadrillas que se aventuraban a ataques descubiertos eran aniquiladas por las flechas y las que lo hacían con* protecciones, eran arrolladas por piedras y troncos de árboles, simplemente dejándolos rolar por la falda. Y en ocasiones los troncos eran lanzados ardiendo, lo que causaba incendios en las defensas de los atacantes, hiriendo o matando a muchos de ellos.

»Al final, visto el fracaso de los ataques, e incluso después de haber sitiado el enclave, los españoles decidieron hacer caminos para subir los cañones (según dicen el mismo camino que hemos usado nosotros para las carretas), lo cual les llevó meses y meses de trabajo, así como vidas de los indios a los que tenían como aliados, pero que fueron convertidos en esclavos, por lo que muchos huyeron o se rebelaron, quedando al final solos los españoles. Pero con esfuerzos y vidas de hombres y bestias consiguieron subir los cañones, bombardeando durante meses la ladera expuesta al este (en la que nos encontramos nosotros) consiguiendo que se fuera desmoronando y creándose una rampa que permitiría subir a los sitiadores.

»Las fuerzas indígenas diezmadas por el continuo bombardeo, casi sin flechas, lanzas o proyectiles, se enfrentaron en batallas cuerpo a cuerpo contra un enemigo superior en número, armas y crueldad. Se luchó durante varios días y noches. Los cadáveres se amontonaban en la brecha que daba acceso al poblado. Olor a muerte, sangre, pólvora, humo, dolor, miedo, putrefacción de los cuerpos. Pero nada de ello era suficiente para detener la batalla. Todos esperaban ganarla, o quizá todos esperaban morir dignamente ante el enemigo, para alcanzar *la redención o los cielos y formar parte de los héroes caídos por sus respectivas causas. O posiblemente solo fuera por conseguir la venganza de los suyos caídos, bien fuera por el odio y el rencor de los españoles, ya que no existían lazos de amistad entre ellos, y solo la codicia les unía en tamaña gesta. O el deseo de los indios de cumplir con un juramento de venganza realizado desde años atrás y repetido cada día, como un mantra que los dotaba del valor, el coraje y la fuerza para no desfallecer.*

»Debilitado el número y las fuerzas de los defensores, lo invasores fueron logrando introducirse en el recinto. Y mediante falsas promesas de perdonar la vida a los vencidos, consiguieron que el Cacique, para salvar las vidas de los pocos supervivientes, ordenó que depusieran las armas y se rindieran. Cuando todos se hubieron rendido, procedieron a atarlos para que no pudieran moverse o escapar y formaron tres grupos diferentes. Uno con los guerreros, sin diferenciar si estaban heridos o ilesos; otro con las mujeres, algunas de ellas embarazadas, otras gravemente heridas. Y el último grupo con los niños mayores de 12 años que fueron los que quedaron en el poblado para luchar.

»El capitán de las huestes españolas preguntó por los ancianos y niños menores, pero nadie le contestó. Como respuesta fue degollando uno a uno a los niños presentes, en presencia de sus padres y hermanos. Lo hacían con lentitud y saña para que los menores gritaran de dolor y miedo, y los mayores suplicaran por la

vida de sus criaturas y sufrieran con sus estertores. Pero no había piedad en el corazón de los vencedores, solo odio, saña, venganza y deseo de causar el mayor daño posible. Estas ejecuciones duraron horas. Cuando comenzó a anochecer, el jefe de la mesnada de asesinos dio la orden de dejar el resto de las ejecuciones para el día siguiente.

»Esa noche, la mayoría de las prisioneras fueron violadas, sin importar que fueran púberes, mayores o ancianas, o que estuvieran embarazadas, algunas en estados muy avanzados. Los gritos no cesaron en toda la larga noche, ante la impotencia de los guerreros. El fraile, que hubiera debido ser el encargado de evitar esas atrocidades en nombre de su dios piadoso, en lugar de ello participó en las violaciones, teniendo prioridad en la elección por ostentar un rango.

»A la mañana siguiente, el aspecto de las mujeres era estremecedor, llenas de golpes, con las ropas arrancadas, muchas de ellas sangrando copiosamente. Destrozadas por los golpes, y avergonzadas por una culpabilidad de la que carecían por haber sido forzadas sin piedad ni miramientos.

»Tanto el jefe de la banda de asesinos, como los propios componentes, se jactaban frente a los indefensos indios, mostrando a sus mujeres como trofeos, mientras los imprecaban y se burlaban de ellos. Como si eso representara actos de hombría.

»Después tomar la primera comida de la mañana, el capitán dio la orden de empezar con las ejecuciones y a continuación le correspondió el turno a las mujeres, comenzando por las embarazadas a las que con toda la crueldad les rajaban el abdomen hasta aparecer la criatura, se la sacaban y se la colocaban en sus brazos, y las dejaban morir desangradas lentamente, mientras veían como sus hijos nonatos expiraban sin poder hacer nada. El resto de mujeres fueron asesinadas en formas diversas, a cuál más cruel y despiadada, desde degolladas, ensartadas con puñaladas diversas, hasta abiertas en canal desde su sexo hasta el esternón.

»Los guerreros impotentes observaban la crueldad del enemigo y proferían maldiciones, sin poder hacer nada, hasta que eran masacrados a golpes, apuñalados o degollados, y en algunos casos dejados malheridos para que sufrieran una muerte lenta. Muchos de ellos fueron empalados, otros crucificados, pues según la opinión del fraile estarían más cerca de conseguir la redención.

»Y mientras esto acontecía, las huestes borrachas de odio, de sangre y de alcohol, comían y bebían como si estuvieran en una fiesta. Mientras mujeres y hombres agonizaban lentamente y el Jefe Indio, atado era obligado a observar la masacre.

»A pesar de ser un guerrero curtido en las batallas, de haber presenciado la muerte de cientos de los suyos, e incluso de sus cuatro hijos varones; su dolor era tanto que hubiera deseado estar libre, para él solo matar a todos aquellos

desalmados. Nunca había visto ese tipo de crueldad en sus enemigos indígenas, jamás, aquellos que los españoles denominaban salvajes habían llegado a esos grados de crueldad inhumana.

»La satánica fiesta duró hasta bien entrada la tarde, mientras los invasores se burlaban de los moribundos y algunos tenían la cobardía de escupir al Jefe Indio indefenso por sus ligaduras. Su rostro oscuro por la inclemencia del tiempo, lleno de surcos por el transcurrir de los años y los dolores vividos, parecía permanecer impasible ante los horrores que estaba presenciando impotente. En su fuero interno rogaba a sus dioses que todo terminara y que sus gentes dejaran de sufrir. Ya nada se podía hacer, todo estaba perdido. No todo, los niños menores y los ancianos habían emprendido un largo camino de cientos de leguas, para separarse del peligro, y un día poder volver y hacerles justicia.

»Lo que nunca llegó a saber el Jefe Indio, es que no solo diezmaron su tribu. Otras ya habían desaparecido y muchas más terminarían siendo extinguidas.

»El Viejo Gaucho, se tomó un descanso en su narración. Vació su pipa con un leve golpe sobre su bota derecha. Sacó una petaca de cuero de vaca que le había regalado el patrón viejo, cuando él era joven. Y con parsimonia, fue llenando la cazoleta de la pipa, presionando con cuidado las hebras de tabaco. Tomó una ramita de la hoguera, calentó la pipa por fuera y luego la prendió poniendo cuidado de que el tabaco encendiera por todas partes y no solo en el centro. Se levantó y estiró las piernas en un corto paseo antes de volver a sentarse y continuar con la narración.

»*El Capitán de los invasores mandó a realizar recuento de vivos y muertos. Quedaban setenta y tres vivos, y habían perecido más de doscientos. Algunos a manos de sus propios compañeros, pues cuando estimaban que no tenían posibilidad de sobrevivir, los sacrificaban. Según ellos para que no sufrieran, pero pienso que era para no tener que dedicarles cuidados y que no les entorpecieran.*

»*Pero lo peor es que mantuvieron vivo al jefe pa' que pudiera ver lo que hacían con su pueblo. El jefe vio, aparentemente impasible, como sacrificaban a su gente, a sus mujeres y sus hijos, incluso vio como mataban a su nieto recién nacido, que era hijo de su hija con un español, que no había querido reconocer la paternidad.*

»*En el silencio, por su cara fría y tensa como piel curada con sal, se escapó una lágrima sigilosa. Recorrió su rostro hasta la comisura de sus labios y la sorbió. Miró hacia lo alto de la montaña y luego a los españoles. Guardó silencio y al ver que todos los suyos habían muerto, se arrojó sobre la punta de la lanza de un lancero y se atravesó el corazón. Aunque en el mismo momento que se estaba muriendo se dirigió al capitán que mandaba las huestes y le dijo:*

»***"Volveré con mis antepasados y juro no tener paz hasta que todos hayáis muerto, pero no os mataré, será el miedo, el dolor y el desconcierto los que terminarán con vuestras vidas. Y al que consiga marcharse sin haber muerto, le perseguirán de por vida los recuerdos de lo que habrá visto. Esa será la venganza de mi pueblo."***

»*Dicho esto, expiró y marchó con sus antepasados. El jefe de aquellos asesinos mandó incinerar el cuerpo y que desperdigaran sus cenizas por toda la selva adyacente. Tres hombres hicieron una pira y lo quemaron. Dicen que el olor era nauseabundo, tan fuerte que nadie podía resistirlo. Muchos fueron los que se marcharon lejos para no tener que olerlo. Cuando la pira se consumió, metieron las cenizas en una bolsa de tela de arpillera y la fueron golpeando contra los árboles, para que por el entramado se fuera cayendo el despojo del cadáver del jefe indio. Lo poco que quedaba más sólido dentro de la bolsa, lo arrojaron al río. Pensaban que así no podría llegar a reunirse con sus antepasados.*

»Aquella noche, comenzó a arreciar un viento huracanado. Los soldados buscaban refugio en las chozas indígenas abandonadas, mientras el viento aullaba entre la hojarasca que las cubría, arrancando brizna a brizna las coberturas, del mismo modo que habían ido repartiendo poco a poco las cenizas del caudillo indio. Al final una fuerte ventisca arrancó los troncos que formaban las armazones de las chozas y se los llevó soplando hasta el río.

»Cuando ya no quedaban chozas donde guarecerse, comenzó una lluvia muy intensa, que parecía que en lugar de gotas cayeran raudales de agua. Casi al mismo tiempo, comenzó una tormenta con truenos y rayos, que caían por todas partes. Dentro del campamento se escuchaban voces, aunque el capitán intentaba hacer creer a sus hombres, que eran los efectos del viento y los truenos. Pero todos oían claramente:

“¡Venganza, venganza!”.

»Cayó un rayo en el centro de la explanada de lo que fue el campamento indígena y entre el humo y el resplandor, todos pudieron ver claramente la figura del jefe indio, acompañado por un anciano, que en su mano llevaba una lanza. El anciano era solo piel y huesos, y en lugar de ojos tenía dos huecos vacíos, que parecía que contemplaban a todos los presentes atravesándolos. A los testigos se les heló la sangre. Algunos gritaron e intentaron correr hacia el bosque cercano, pero en el lindero caían árboles rotos por los rayos y en su lugar surgían figuras de gigantescos guerreros indios

con sus armas. Veinte de los soldados que intentaban escapar murieron ensartados. Según unos por ramas y troncos, según otros por las lanzas de los espectros de los guerreros. Despavoridos, la mayoría de los hombres huyeron hacia el único lugar carente de árboles, pero tanto era su terror, que no se percataron de que se acercaban al borde del barranco, donde muchos cayeron despeñados. Al hacer recuento posterior, encontraron treinta cadáveres, estrellados contra las rocas del fondo o ensartados en las copas de los árboles que había al final del barranco. El fraile que había acompañado a la tropa en el último asalto al pueblo, se postró de rodillas implorando clemencia a su Dios, pero este nada tenía que ver con lo que estaba ocurriendo. Cuando el fraile alzó la mirada, se encontró con el viejo jefe indio, que extendía su mano y con dos de sus dedos se arrancaba primero un ojo y luego el otro. Depositó ambos órganos en la mano del fraile, que desde su posición veía aquella cara sin ojos, sangrando por las cuencas, a la vez que el miedo iba tornando blancos sus negros cabellos. Cuando fueron plateados como rayos de luna llena, el anciano jefe indio volvió a colocar los ojos en sus propias cuencas. Pero ya el fraile no podía ver, se había quedado ciego, y lo único que avistaba una y otra vez, era la escena del anciano arrancándose sus ojos, depositándolos en su mano, y sangrando las vacías cuencas. Loco de miedo corrió y corrió por el bosque, hasta que varios días después, lo encontraron algunos soldados, a los que imploró que lo mataran. Los soldados lo amarraron con cuerdas y lo llevaron ante el nuevo jefe, porque el capitán había muerto por un rayo que cayó en el centro del poblado. El nuevo mando, al ver al fraile gritando, comprendió que se había vuelto loco y mandó que lo sacrificaran, tal como él mismo pedía. El primer rayo que cayó en el poblado, mató al Capitán y ocho de sus asesinos, pero no murieron rápidamente, quemados y ardiendo sus carnes por el azufre del rayo o del infierno, tardaron horas en morir mientras pedían ayuda y clemencia. Cuando cesó la tormenta, comenzaron a llegar las alimañas atraídas por el olor de la sangre y se presentaron manadas de lobos y perros salvajes, que dieron caza a varios de los que huían. Los pocos que quedaban en el campamento iban muriendo por las heridas, por el terror, por las alimañas, o por infecciones.

»Todas las noches, se escuchaban llantos de niños, gritos de mujeres, proclamas guerreras de los indios, y en las mentes de cada uno de los españoles, se repetían sin descanso las palabras del jefe indio:

"Volveré con mis antepasados y juro no tener paz hasta que todos hayáis muerto, pero no os mataré, será el miedo, el dolor y el desconcierto los que terminarán con vuestras vidas. Y al que consiga marcharse sin haber muerto, le perseguirán de por vida los recuerdos de lo que habrá visto. Esa será la venganza de mi pueblo."

»Más de uno terminó como el fraile. Alguno se suicidó al no ser capaz de soportar la continua visión del anciano indio con sus cuencas vacías. Otros sentían que cuando se acostaban

para dormir, algo o alguien los levantaba de su lecho y los transportaba. Algunos notaban un terrible aliento frío en su nuca mientras dormían y si se despertaban, aún era peor, pues ese hálito les parecía que les congelaba el cuerpo, rodeándolos de un olor putrefacto. Uno de los soldados, el que violó a la hija del jefe, sin que este pudiera impedirlo, comenzó a sentir que todo su organismo se iba pudriendo, mientras el jefe indio le arrancaba pedazos de su cuerpo para tirarlos al fuego, aunque todo ello acontecía en su perturbada mente, emprendió una frenética huida hacia el bosque cercano.

»Cuando llegó la expedición de relevo, solamente encontraron vivo al que se había hecho cargo de la jefatura del grupo. Pero se había vuelto loco, hablaba con alguien a quien los demás no veían y le pedía perdón continuamente. Viendo que nada podían hacer los galenos que acompañaban al nuevo destacamento, lo embarcaron para España. Al cuarto día de camino, se arrojó por la borda huyendo de los espantos[25]."

»Los tres peones que habían comenzado en plan de chanza, estaban terriblemente asustados. Yo no te voy a mentir, no lo estaba tanto como ellos, —confesó Tasco— pero les andaba a la zaga. El Viejo Gaucho hizo un descanso mientras encendía una pipa y sorbía despacito una infusión de mate. Nosotros lo mirábamos, pero a la vez por el rabillo del ojo vigilábamos en derredor, por si aparecía el jefe

---

[25] Fantasmas.

indio o el anciano de cuencas vacías. El Viejo Gaucho nos observaba cuidadosamente, como el gato que está a punto de saltar sobre su presa, y parecía relamerse, pero en lugar de hacerlo con la lengua, lo hacía con esa sonrisa que yo ya le conocía. El Viejo Gaucho continuó su narración.

»*Muchos días después, cuando todos creían que no quedaba nadie con vida, seguían apareciendo espantos en el antiguo poblado indio. La gente se preguntaba cómo era posible, si ya el jefe indio había consumado su venganza. La respuesta la obtuvieron semanas después, pues un individuo con aspecto de náufrago, famélico, descuidado y con traza de enfermo, llegó al destacamento, diciendo que había conseguido salvarse por haberse internado en la boscosa selva y que desde entonces vagaba perdido en ella. Lo atendieron y curaron, aunque faltaban trozos de carne en diversas partes de su cuerpo que los galenos atribuyeron a desgarros producidos en la huida, si bien él se empeñaba en decir que el Jefe Indio se los había arrancado. Pero desde su aparición se recrudecieron las quejas sobre la presencia de niños, mujeres y hombres indios muertos. Aumentaban las apariciones y hasta una hermosa india, se presentaba cada noche en la puerta de la choza donde se encontraba hospedado el extraviado. Le hacía gestos de que la siguiera, mientras le enseñaba un bellísimo "bébe" que llevaba en los brazos. El extraviado se volvía loco con aquellas apariciones y un día, no pudiendo reprimirse, empezó a gritar, contando su secreto entre alaridos y llantos.*

»*"¡Sí, era mío el niño!, —exclamaba— no tuve el coraje de reconocerlo. Mi capitán me lo prohibió. ¡Yo era su padre y dejé que mis compañeros lo mataran!"* Lloraba el soldado desconsoladamente mientras gritaba esas frases entrecortadas. Sus compañeros lograron calmarlo y lo despacharon hacia la costa, para que partiera con el primer navío que saliera para España. Él se marchó y llegó a su casa. Por eso, la venganza del jefe indio quedó inconclusa y desde entonces vaga por estos pagos de Dios. Alguno que ha venido por acá, en este mesmo sitio, me contó hace tiempo, que, estando arropado con la frazada, una noche fría como esta, se le acercó un indio, lo destapó y le vio la cara, pareció que no era el que buscaba y lo volvió a tapar, pero él escuchó que decían muchas voces a lo lejos:*

»*"**Volveré con mis antepasados y juro no tener paz hasta que todos hayáis muerto, pero no os mataré, será el miedo, el dolor y el desconcierto los que terminarán con vuestras vidas. Y al que consiga marcharse sin haber muerto, le perseguirán de por vida los recuerdos de lo que habrá visto. Esa será la venganza de mi pueblo.**"*

»*El pobre salió como piantao ladera abajo y no paró hasta que llegó a mi cabaña y eso que, como habéis visto, hay un largo trecho. Le dije de acompañarlo a recoger sus cosas y negó con la cabeza, mientras ponía los ojos como un búho. Yo vine, recogí los aperos del tipo, se los bajé y se los entregué. Nunca más he vuelto a verlo por estos pagos.*

»Otra noche, estando yo allá abajo en la cabaña, oí un ruido, me asomé con el rifle, por miedo a que fueran ladrones y no vi a naide. Entré de nuevo, después de haber dado una vista en los alrededores, y cuando miré para el hogar, allá estaba la figura del indio. Lo miré y me persigné, me quité el sombrero y solté el rifle encima de la mesa. Lo encaré y le dije: Jefe, no está usted en su territorio y yo soy criollo, no soy español. Además, la gente que busca ya están todos difuntos hace muchos, pero que muchos años. Descanse en paz y que sus dioses lo guíen y que el mío lo acompañe. Me miró sereno y se fue igual que había aparecido. Yo me senté, pos si tarda un poquito más me caigo, las piernas no me aguantaban, me temblaban como si jueran de trapo. Me tomé un buen trago y eso pareció reanimarme. Aquella noche ni m_acosté. Pa_qué, si no iba a dormir.

»El Viejo Gaucho sacudió la pipa en su bota y nos dijo: —Vamos a dormir que mañana espera duro. ¡Ah! si huelen a carne quemada no se asusten, pos a veces todavía llega el olor de la carne de aquel cristiano que la perdía a pedazos.

»Respingamos los cuatro y yo casi me caigo de la piedra donde estaba sentado. Oímos un aúllo a lo lejos y comenté que era un coyote. El Viejo Gaucho me miró y dijo: —Es pior, se trata de un perro salvaje y por la forma de su voz es un jefe de manada, seguro que en poco le responden. Pero está muy lejos, no tengan miedo.

»Nos acostamos sobre la *frazada* y nos arropamos con el *doblete*, por almohada yo tenía la silla de montar y cada uno se buscó lo que pudo. Cuando despuntaba el alba, algo me sobresaltó. Oí un leve ruido en la espesura cercana y tuve dudas si sería el indio o el perro salvaje. Tomé el rifle y grité *pa'* que saliera quien fuese o disparaba. Al momento vi salir a uno de los *piones* con los pantalones caídos y sentí vergüenza, *pos* debí percatarme cuando se fue y no cuando estaba en plena faena de *descomer* lo comido. Le pedí disculpas, pero ya todos los demás estaban despiertos y se reían de él y de mí. El Viejo Gaucho en tono de chanza me dijo: —La *bicha de ese pibe no es un buen trofeo, es mu pero que mu cortita.* Todos se rieron.

»Desayunamos carne seca, café y un bollo de maíz. Recogimos las cosas y bajamos de la montaña. Todavía me tiemblan las piernas del miedo que pasamos. Y cada vez que vamos por esos lares, recuerdo la historia y me tiemblan las piernas. Pero, además, sin saber por qué, me nace odio de las entrañas. Y no lo puedo remediar. *Asín* que prefiero no ir por aquellos pagos. Además, me vienen recuerdos del Viejo Gaucho, que *pa´mi jue* como mi padre. Más que mi padre, *pos* él me enseñó a ser hombre y a afrontar la vida, me casó y cuidó de mí mientras vivió.

Debo resaltar que nunca creí en fantasmas, espantos, espíritus, e incluso en dioses ni santos.

Que basta que me dijeran que en un lugar aparecían espantos, ello era suficiente para ir a averiguarlo, y constatar que o no había fantasmas, o a los que no creíamos en ellos no se nos aparecían. Desde mi llegada de España a Iberoamérica había escuchado infinidad de historias, leyendas y cuentos sobre fantasma y aparecidos, pudiendo constatar personalmente que la mayoría carecía de fundamento.

Quizá llevado por mi incredulidad y mi escepticismo, además de por sentir una curiosidad extraña, me propuse ir a conocer la cabaña, la montaña y la meseta de la última contienda y la atroz matanza final. A tal fin pregunté a Tasco a qué distancia y tiempo quedaban desde donde estábamos.

El anciano me miró con cara de incredulidad y me contestó: —Mira Gallego, a paso de reses como cuatro días, a caballo, apurándolos, dos días. En tu auto como ocho o diez horas. Hay un camino que lleva hasta allá con un pequeño rodeo. Pero en esta época está bien bueno y es como si fuera una carretera. Incluso se puede cargar bencina.

Lo miré serio y le pregunté: —¿Tú me llevarías hasta allá?

—Tendría que tener el consentimiento de los muchachos, ya que entre ida y vuelta es un día completito o incluso dos si nos paramos allá y subimos a la meseta. ¿A qué se debe ese deseo?

—Mira Tasco, a pesar de que no creo en espíritus, ni en fantasmas, siento curiosidad por conocer el lugar donde mis paisanos hicieron tanto daño.

Estábamos todos reunidos alrededor de la lumbre y ya casi no íbamos a acostar, por lo que Tasco preguntó a los compañeros y todos dijeron que no había problema. Que partiéramos después del desayuno, y así llegaríamos al atardecer al pago donde estaba la cabaña.

Aquella noche casi no dormí. Cuando cerraba los ojos y entraba en ese duermevela que precede al sueño, retumbaban en mis oídos las palabras del jefe indio.

"Volveré con mis antepasados y juro no tener paz hasta que todos hayáis muerto, pero no os mataré, será el miedo, el dolor y el desconcierto los que terminarán con vuestras vidas. Y al que consiga marcharse sin haber muerto, le perseguirán de por vida los recuerdos de lo que habrá visto. Esa será la venganza de mi pueblo."

Tanto fue así, que un par de horas después de haberme acostado, me levanté y me puse a pasear por las proximidades del campamento. Cuando iban a hacer el cambio de guardia, les indiqué que yo la hacía, y con un rifle en la mano me fui paseando hasta casi donde pacían las reses. Algunas de ellas dormitaban en pie, otras acostadas, y algunas seguían comiendo pasto.

A las cinco de la mañana empezamos a desayunar, y Tasco comenzó a preparar las viandas que precisarían los muchachos para la comida del mediodía y de la noche. Recomendándoles que guardaran algo para la mañana siguiente, ya que nosotros estaríamos de regreso bastante después del desayuno, si es que no decidíamos subir hasta el lugar de la batalla final.

Cargamos el coche y nos dispusimos a salir a las siete de la mañana. Emprendimos el camino, y los primeros kilómetros eran muy irregulares y traqueteaba el vehículo como una carreta, lo que me hizo pensar que tardaríamos muchas más horas de las previstas. Pero poco más adelante, el camino pareció convertirse en una carretera. No tenía asfalto, pero la tierra estaba muy compactada. Me extrañó y se lo comenté a mi acompañante. A lo que él contestó que pasaban camiones a cargar madera desde la montaña y por eso estaba tan bien.

El caminar del vehículo era veloz y sin trabas, todo era línea recta, lo que nos permitía ir a una velocidad poco recomendable para rodar sobre tierra, pues en caso de tener que frenar, las ruedas no tendrían agarre y nos saldríamos al medio del campo. Pero analizándolo bien, no era tan malo, estaban a la misma altura el camino y el campo, y lo más que podría ocurrir es que nos quedáramos atascados. Después de cinco horas de camino vimos la bencinera y paramos a repostar. Hice mis cálculos, y si quedaban otras cinco horas de ida e igual de regreso, el carburante no nos llegaría. Así que pregunté si tenían garrafas para llevar carburante de repuesto. No las tenían. Solo un bidón de ciento cuatro litros. Que al final, o el bidón era más grande, o cobraban de más en la bencinera, ya que entraron ciento veintidós litros. Era una propina del 20% en el bidón, al igual que en la llenada del depósito del coche, pero no había otro sitio donde cargar. Subimos el bidón en la parte posterior, lo acuñamos con mis pertenencias y las cosas que habíamos cargado en el campamento, con la intención de partir para las sierras de Córdoba.

Al ser como las doce del mediodía aprovechamos para comer el menú de la casa, que era carne de res a la brasa, con cerveza o vino, un trozo de pan negro como mi alma, café colado o mate. Yo preferí el café. El sol me venía adormeciendo y necesitaba despabilarme. Mientras se hicieron las brasas, asaron la carne y comimos, se nos hizo algo más de la una de la tarde.

Emprendimos de nuevo el camino, pero ahora ya no me castigaba tanto el sol que quedaba ligeramente al lateral, lo cual era un descanso para la vista. El camino seguía siendo bueno y llegamos al pie de la falda de la montaña, cuando aún no eran las cinco de la tarde. Le propuse a Tasco subir hasta la meseta y me indicó que se nos haría noche allá arriba y bajar a oscuras era muy peligroso, además del riesgo de las alimañas nocturnas.

Pusimos rumbo a la cabaña y era como él la había descrito, quizá algo mayor a como yo la imaginaba. La puerta estaba trancada con una traviesa pendiente de una soga que atravesaba la puerta por un agujero. Entramos y todo estaba ordenado, algo de polvo, pues al parecer hacia casi un mes que se habían llevado las vacas que pacían en la zona. La cabaña era un rectángulo, en un lateral tenía dos catres, en el centro de la estancia una mesa rústica con cuatro sillas, en el otro lateral una cocina, que estaba dentro de la chimenea y que podía tener la función de calentar y cocinar, o solo cocinar, dependiendo de la parte que se encendiera. Tenía cuatro ventanucos, uno por cada cara, y en las paredes había herramientas y aperos colgados. Poco más se podría resaltar. Paredes, techo y suelo de troncos.

Sinceramente parecía y resultó ser confortable. Al menos para una noche. Quizá para pasar meses en absoluta soledad como hacía el Viejo Gaucho, no resultara tan confortable. Tasco encendió la cocina, que además de para cocinar, daba luz a la estancia sin necesidad de encender unos candiles, que pendían estratégicamente en los cuatro rincones y uno justo encima de la mesa.

Salimos paseando para ir hasta la garganta donde habían hecho los corrales en aquel frío invierno y aunque se conservaba parte de la empalizada, lo cierto es que estaba casi destrozada. No obstante, eso me permitió hacerme una idea del terrible trabajo de cuatro hombres para realizarla.

Pudimos apreciar la altura de la sierra, ya sumida en la penumbra del anochecer y quedamos que subiríamos a las tres o las cuatro de la mañana para ver la meseta, aunque no sabíamos si los caminos seguían abiertos o se los había comido la espesura. Así que, llegados al refugio, preparamos una cena ligera con parte de las provisiones que yo llevaba en el vehículo. Charlamos un rato y cuando la luz del fuego de la cocina empezó a menguar, intentamos dormir. Estábamos cansados, tanto del viaje, como en mi caso por no haber dormido más de un par de horas la noche anterior. Me tumbé sobre un catre que me indicó mi anciano compañero y me quedé dormido inmediatamente.

Mi sueño era inquieto, tenía una terrible pesadilla. Veía y sentía las torturas infringidas a los indígenas con una saña indescriptible, incluso llegaba a oler la sangre, la orina, las heces que se les escapaban por el miedo. Olía el terror de los torturados y el sadismo, el alcohol y el sudor de los torturadores. Sentía el odio de los unos y los otros. Quería escapar, pero me encontraba en medio de la planicie del campamento sin poder ir a ningún lado. Pero no era mi cuerpo. Era mi espíritu que nada podía hacer excepto observar aquel horror.

Me desperté sobresaltado por un ruido extraño que provenía del exterior. Me sonaba a gente cerca de la cabaña, donde teníamos el coche y la mayoría de las pertenencias. Tomé el rifle, verifiqué que estuviera cargado, abrí la puerta y salí. La luna iluminaba con una viva luz de plata la planicie delante del refugio. No podía dar crédito a lo que estaba viendo.

Quedé petrificado. Ante mí había unas espectrales figuras, enormes, gigantescas, ataviadas con sus vestidos y adornos de guerra, que iluminados por la luna podía ver que eran solo esqueletos. No fui capaz de contarlas, pero había decenas de ellas. Notaba como me miraban a pesar de que no tuvieran ojos. Las recorrí con la vista, con el corazón encogido y con terror en el alma. Alguien se movió en el centro de la planicie, parecía más grande que los demás y a diferencia de ellos no llevaba arma alguna. Solo una especie de bastón que llegaba hasta su cabeza y que estaba recubierto de plumas de varios colores. Corregí mi apreciación, los colores eran realmente sangre, que según el grado de incidencia de la luz de la luna, daban diversos colores.

Me miró con lo que yo asumí que era odio, levantando la mano derecha hizo callar los murmullos de las otras figuras, mientras repetía:

"Volveré con mis antepasados y juro no tener paz hasta que todos hayáis muerto, pero no os mataré, será el miedo, el dolor y el desconcierto los que terminarán con vuestras vidas. Y al que consiga marcharse sin haber muerto, le perseguirán de por vida los

recuerdos de lo que habrá visto. Esa será la venganza de mi pueblo."

Instintivamente me acordé de la historia del Viejo Gaucho. Dejé el rifle en el suelo, y mirándolo de frente, a pesar de estar horrorizado, le dije:

"Gran Jefe. Yo no soy de los que buscas para que paguen por la matanza de tu pueblo. Eso pasó hace más de cuatrocientos años. Ya todos murieron. Yo no soy familia de ellos. He venido para conocer lo que le hicieron a tu pueblo y contarlo al mundo para la vergüenza de las familias de los que participaron. Ya tu venganza se cumplió. Descansa en paz con los tuyos. Tu pueblo te venera con orgullo por tu gesta.

Sentí la mirada de decenas de seres clavadas en mí. Agaché la cabeza, creo que esperando la muerte. Y cuando la levanté, solo estaba la planicie alumbrada por la luna. Me dejé caer sobre los troncos del porche. Las piernas no me sostenían. Lloraba en silencio, ríos de lágrimas bajaban por mis mejillas. Desconozco cuanto tardé en recuperarme. Estaba abstraído cuando la voz de Tasco me dijo: —Gallego, vamos a desayunar, he preparado tocino asado con pan del que compramos en la bencinera, *pa´* que tengamos fuerzas *pa ´*subir.

Lo miré y le dije: —Querido amigo, me da pena haberte traído hasta acá. Pero no hace falta que subamos. Lo que tenía que ver acá, ya lo vi,

Me miró e inquirió: —¿Qué te pasó?

No sabía si contárselo o atribuirlo a una pesadilla. Pero estaba fuera de la cabaña, tenía el rifle al lado, y había diferenciado la pesadilla que me despertó y me hizo salir. Opté por contárselo, rogándole que no lo dijera a los muchachos. Entonces él me confesó que le había ocurrido lo mismo hacía unos veinte años. Pero que debíamos subir. Que teníamos que ir y realizar una ofrenda a los asesinados. Ya que, de ese modo, nuestra alma encontraría la paz.

Lo pensé, aunque yo no creía antes en eso, en aquel momento tenía grandes dudas. Pues según me indicó Tasco, cabía la posibilidad de que los fantasmas me siguieran a donde yo fuera. Y no costaba nada cumplir con las costumbres arraigadas en su pueblo, donde se pedía perdón y se invitaba a descansar a los muertos, realizando un reconocimiento de desagravio. Lo medité, y me movía entre el miedo más terrible a lo desconocido, el deseo de conocer el lugar y la incertidumbre sobre si eso daría algún resultado, o no serviría de nada, porque lo que había visto, o creído ver, solo era parte de la pesadilla y me había levantado dormido o sonámbulo, tomando el rifle y saliendo al porche de la cabaña. No obstante, me armé de coraje y decidí subir, creo que más con el deseo de no ofender a Tasco, que con los resultados que pudiera conseguir.

Tomamos dos machetes de la cabaña y comenzamos a subir, la pendiente era terriblemente empinada, y en muchas partes el camino se encontraba cubierto por altas hierbas e incluso por ramas de los árboles próximos. Por lo cual teníamos que ir desbrozando con los machetes. El anciano subía como las cabras, sin aparente cansancio y en muchos casos, quizá por su baja estatura, pasaba por debajo de las ramas sin tener que apartarlas o cotarlas. Yo en cambio tenía que ir cortando las puntas de ramas que me obstaculizaban. Después de casi una hora escalando, ya que eso no era caminar, pues en multitud de ocasiones teníamos que avanzar a cuatro patas por lo escarpado del pedregal, le pedía a Tasco que paráramos un rato. Me miró con cara de incredulidad, pero aceptó pararse y echar un cigarrillo de los míos. Beber de una botella de agua que llevábamos y charlar un rato. Aunque lo que se dice charlar, sinceramente no charlamos. Habló él, yo no tenía fuerzas para hacerlo. Me dijo que ya faltaba poco. Creí recordar que me había contado que la meseta se encontraba a cien metros. El se rió y me dijo —Cien metros de altura, aunque yo creo que el Viejo Gaucho me dijo de menos para que no me preocupara de lo que tenía que subir. Si miramos abajo, yo creo que ya estamos mucho más arriba de los cien metros. Terminamos de descansar y volvimos a gatear de nuevo. Algunos trechos del camino los podíamos hacer caminando, ya que se desarrollaban bordeando la montaña en forma lateral, pues de frente era tan escarpado que no hubiéramos podido subir. Pensé que ese camino, debían haberlo hecho los españoles para subir su artillería. Pero que, aun así, no alcanzaba a comprender como pudieron subirla.

Cuando estábamos casi llegando a la meseta, precisamos descansar ambos, esta vez

Tasco sudaba copiosamente y se le notaba un caminar cansino, pero al parecer, su fuerza de voluntad le impelía a subir sin hacer caso al agotamiento físico. Cuando nos sentamos en una piedra conseguí que lo reconociera, solo a medias y casi refunfuñando. Me dijo que era su edad, que ya era muy viejo. Comencé a reírme, yo no era viejo y estaba reventado. Por no bajar, sería capaz de quedarme a vivir allí. El se sonrió y me dijo algo de que era la costumbre de su pueblo caminar y caminar. Que se había criado en la Cordillera y que allá todo era subir o bajar.

Llegamos a la meseta. Una enorme esplanada que nunca pensé que tuviera ese tamaño. Era un fiel retrato lo que me contó de paredes escarpadas que impedían el acceso. Pero parece que alguien después, había hecho una especie de escalones que permitían el acceso. Con mucha dificultad, pero se podía subir, por el resto de sus caras, resultaba imposible, ya que calculé que las paredes de roca, en el sitio más accesible tendrían como veinte metros de altura totalmente verticales. Intenté fijarme si eran paredes naturales o habían sido cortadas por el hombre, pero no fui capaz de distinguirlo. Llevaban demasiados años y la erosión de la lluvia y el viento, además de la vegetación que las cubría, no me permitieron saberlo. Arriba, restos de una empalizada perimetral hecha con troncos, de los cuales, casi lo único que quedaba eran las partes enterradas en la tierra, restos de troncos podridos por todas partes y nada que estuviera en pie. Pero mi mente lo veía todo como si estuviera en aquella aciaga época. O quizá a mi antojo, ya que no lo había visto. Pero me pareció saber dónde estaban las cabañas, cómo era la empalizada, los corrales de animales, las zonas comunes, y cómo se desarrollaba la vida en el poblado. Cómo se produjo el sitio que realizaron las mesnadas armadas, el efecto de las bombas, e incluso el terror que debieron sufrir los moradores en el asalto, así como las terribles torturas a que fueron sometidos los supervivientes. Lo sentía en mi mente, en mi piel. Y parecía nacerme una repulsión a lo que allí ocurrió hacía más de cuatrocientos años.

Estaba acongojado, parecía que los espíritus de los muertos siguieran vagando en aquel lugar. Tenía la sensación de escuchar sus gritos, sus quejas, sus súplicas. Estaba aterrorizado, ya que esperaba que en cualquier momento se presentara el ejército de fantasmas que había visto abajo, estuvieran en la pesadilla o fuera una visión real.

Vi a Tasco que comenzó a cantar en una lengua desconocida para mí y a moverse con unos pasos extraños que entendía que deberían ser una danza. Esa debía ser su forma de desagraviar a los muertos. Yo no sabía que hacer. No entendía su canción, si sabía como bailar. Temía arrodillarme, ya que eso podría recordarles a los espíritus a aquellos que llegaron predicando a su dios y eran bestias sin corazón. Así que lo único que se me ocurrió, fue inclinar la cabeza y pedir disculpas en voz alta, diciendo que sentía que hubiera gente tan malvada en el mundo. Y que, aunque no pertenecía a las familias de esos canallas, quería con mi presencia honrar a todos los que murieron valientemente por defender a sus familias y sus tradiciones y cultura. Pero estaba llorando, se me escapaban las lágrimas y se entrecortaba mi voz. Sentía un pesar sincero. Pero creo que era como ser humano, no como español.

Tasco encendió un fuego y comenzó a quemar unas ramas elegidas entre la maleza. Debían ser especiales pues producían una enorme cantidad de humo, y curiosamente no se elevaba, tendía a mantenerse flotando a poca altura e inundando con un aroma raro la superficie. Me miró y me dijo:

—Gallego, ya hemos presentado nuestro respeto a los muertos. Podemos marcharnos cuando quieras.

No contesté y comencé a dirigirme al lugar por el que habíamos entrado. Tenía congoja en el alma. Y era curioso, yo ya había visto muchos muertos en Venezuela. ¡Y aquí, que no estaban los cadáveres me sentía con mayor angustia!

Comenzamos el descenso, y como me temía, resultaba más difícil que la subida. Conseguimos llegar a la cabaña. Pero no intercambiamos ni una sola palabra en la bajada. Recogimos las cosas, las cargamos en el automóvil y partimos. Teníamos un dolor interno que no estábamos dispuestos a compartir o quizá a reconocer.

Hicimos el recorrido de regreso, y casi ni conversamos. Paramos en la bencinera. Volvimos a comer el mismo menú. Pero está vez me pareció más sabroso. Sería porque estaba vivo, cuando creía que podía estar muerto.

BIBLIOGRAFÍA

En octubre de 1947, durante el primer gobierno de Juan Domingo Perón, la Gendarmería Nacional abrió fuego sobre comunidades indígenas en Formosa. Cientos de pilagá asesinados, violaciones de mujeres, muerte de ancianos y niños. La matanza fue invisibilizada durante años, pero el Pueblo Pilagá nunca olvidó, ni perdonó. Historia de una lucha.

Por Valeria Mapelman - Autora del libro «Octubre Pilagá, memorias y archivos de la masacre de La Bomba» (2015).

En 1947 varias familias vivían en el paraje de La Bomba, cerca del pueblo de Las Lomitas (Formosa), entre ellas la del cacique Oñedié y las de Maliodi´en (Julio Quiroga) y Setkoki´en (Melitón Domínguez), dos niños que trabajaban en la cocina del escuadrón 18 de Gendarmería Nacional. En aquellos tiempos, el Territorio Nacional de Formosa, espacio fronterizo por excelencia, era patrullado por escuadrones que ocupaban los antiguos edificios que el Ejército de Caballería había utilizado en la llamada "Campaña al Desierto Verde", cuyo objetivo era apropiarse de la región y controlar la mano de obra. Desde la consolidación del Estado nación hasta mediados del siglo veinte, las masacres no se detuvieron. Tampoco la resistencia de los pueblos indígenas.

La matanza pilagá de 1947, conocida como "Masacre de Rincón Bomba", sucedió en un período en que protección y justicia social eran ideales fundamentales y circulaban con fuerza a través de la propaganda política. En 1946, Juan Domingo Perón había llegado a la presidencia, y los pilagás eran sobrevivientes del proceso de ocupación. Y, ya convertidos en obreros de las industrias, no eran ajenos a esos ideales.

A fines de septiembre, un sanador pilagá llamado Tonkiet, Luciano Córdoba en castellano, se instaló en el paraje de La Bomba, y cientos de personas comenzaron a llegar desde distintos puntos del territorio para conocerlo. El lugar se pobló de niños, jóvenes, ancianos y líderes que siguiendo antiguas tradiciones observaban los fenómenos naturales, el comportamiento de las aves e interpretaban los sueños.

Tonkiet no era un líder tradicional. Había construido su prestigio combinando prácticas antiguas y nuevas y utilizaba la Biblia en sus sesiones de sanación. Sus seguidores levantaron en La Bomba una plataforma circular, donde Tonkiet subía a los enfermos para curarlos. Todas las tardes los cantos y los tambores se escuchaban hasta la madrugada, mientras la vida en el poblado "blanco" de Las Lomitas se trastocaba con el bullicio y la circulación de cientos de personas. El espacio donde se había levantado la corona crecía en importancia política y se convertía en una nueva marca territorial.

En distintas ocasiones los comandantes del escuadrón enviaron gendarmes para intentar desalojar a la multitud con estrategias inútiles. Durante la primera semana de octubre de 1947, requisaron viejas escopetas y machetes. Luego la

Dirección de Protección al Aborigen, dependiente de la Secretaría de Trabajo y Previsión, envió a Abel Cáceres, administrador de las Colonias Aborígenes, a negociar el desalojo y traslado de las familias.

Cáceres administraba dos colonias estatales creadas para la segregación y transformación de los pueblos del Gran Chaco, cuya función era la de concentrar a los sobrevivientes de la violencia militar, hacerlos abandonar su religión, la pesca y la caza, y hasta cambiarles sus nombres tradicionales, para convertirlos en trabajadores agrícolas.

Con la colaboración de la Iglesia, los niños y los ancianos eran puestos en internados para impedir la trasmisión de la memoria y la cultura familiar. Este proceso es denominado en la jerga jurídica actual como etnocidio.

Los pilagás conocían el régimen de las colonias, por eso se resistieron a ser trasladados. El 10 de octubre de 1947 por la mañana, el gendarme Américo Londero advirtió a los niños que trabajaban en la cocina que había llegado la orden de reprimir. Los niños corrieron a avisar a sus familias. Algunos escaparon, pero otros no creyeron que algo malo pudiera ocurrir y permanecieron en La Bomba.

A las seis de la tarde los gendarmes al mando de Emilio Fernández Castellanos apuntaron ametralladoras pesadas y fusiles contra un grupo que los enfrentaba con biblias en las manos. José Aliaga Pueyrredón, segundo comandante, los rodeó con sus efectivos y se iniciaron los fusilamientos.

La causa judicial, caratulada «Federación del Pueblo Pilagá c/Poder Ejecutivo Nacional s/daños y perjuicios», dejó acreditado que la orden de reprimir fue dada desde el más alto nivel ministerial. La masacre fue ejecutada por la Gendarmería Nacional bajo las órdenes del ministro de Guerra y Marina, Humberto Sosa Molina, con la conformidad de Ángel Borlenghi, ministro del Interior. Se extendió hasta fines de octubre y no solo incluyó un desalojo violento y fusilamientos, sino también violaciones, desapariciones, traslados forzados, torturas, fosas comunes y reducción de los sobrevivientes en colonias.

Ketae (Azucena Camacho) atestiguó que tres ancianos fueron capturados y atados a un árbol para prenderles fuego. Ni´daciye (Solano Caballero) recordó que mientras huían, un "chico grandecito se murió de hambre y tuvimos que dejarlo ahí nomás, en el monte, sin enterrarlo". Ramón Rosa Galván, criollo de Pozo del Tigre, vio como un gendarme le disparó en la cabeza a una criatura que quedó en el suelo después del tiroteo. Noenolé, una niña de doce años, fue violada por Aliaga Pueyrredón. El anciano Kaziemin y una niña de 14 años fueron fusilados cerca de Navagán.

Otros testimonios prueban que grupos completos de familias fueron asesinados en la huida que se extendió hasta fines de octubre. Según el informe del Equipo de Investigación

Científico Forense, encabezado por el licenciado en criminalística Enrique Prueger, se estima que fueron asesinadas cientos de personas, de las cuales muchas continúan desaparecidas.

Un documento del Ministerio de Guerra, fechado el 16 de octubre de 1947, informó que un avión despegó desde Buenos Aires y aterrizó en Resistencia, donde le colocaron una ametralladora y fue abordado por Julio Cruz Villafañe, comandante de la zona norte. Luego sobrevoló Formosa y disparó sobre las familias que huían. En ese mismo documento, se menciona a quince "aborígenes muertos" en un supuesto enfrentamiento. Años más tarde, Carlos Smachetti (piloto de la Fuerza Aérea) y Leandro Santos Costas (ex gendarme que participó del fusilamiento y desaparición de quince personas), fueron procesados por esos hechos en base a la documentación del Ministerio de Guerra.

A fines de octubre, el cacique Oñedié y Tonkiet fueron capturados y trasladados a las colonias aborígenes, donde trabajaron durante un año. En el internado de la Colonia Bartolomé de las Casas se separó a niños y niñas de sus padres. La abuela Qadeite (Rosa Palomo) contó que su madre forcejeó con las monjas para que no le quitaran a su pequeño hijo.

Entre el 11 y el 14 de octubre de 1947, los diarios de la ciudad de Buenos Aires reprodujeron el relato de un "malón indio" para justificar la masacre. La connivencia de los periódicos de la época fue fundamental para ocultar el genocidio.

Siglo XXI

La responsabilidad de diferentes fuerzas militares, instituciones religiosas y organismos civiles fue probada en el juicio que la Federación Pilagá lleva adelante contra el Estado nacional. En julio de 2019, el juez federal Fernando Carbajal sentenció que se trató de un "delito de lesa humanidad" y ordenó medidas de reparación. El Estado nacional debe invertir en obras que determine el pueblo originario, otorgar becas estudiantiles por diez años, fijar la fecha de la masacre en el calendario escolar y construir un monumento recordatorio, entre otras acciones.

Las acciones criminales ocurridas entre octubre de 1947 y julio de 1948 se ajustan a la definición de genocidio desarrollada por el jurista Raphael Lemkin y, al mismo tiempo, se diferencian de los crímenes de lesa humanidad juzgados en Argentina, porque las víctimas pertenecen claramente a un grupo "étnico" determinado.

Los campos de exterminio nazi, los sótanos de la Escuela de Mecánica de la Armada (ESMA), el Estadio Nacional de Chile o los suburbios de Ruanda nos mostraron que en todo tiempo y lugar puede nacer el germen del exterminio. Sin embargo, la Federación Pilagá y su abogada Paula Alvarado enfrentan muchas dificultades para probar la tipificación del delito en el ámbito judicial.

Por otro lado, sigue sorprendiendo que la sociedad no indígena de Argentina, que ampliamente reconoce y rechaza las prácticas genocidas de la última dictadura cívico-militar, no logre hermanarse con las víctimas de torturas y desapariciones en otras geografías y momentos históricos.

Quizás esta dificultad se deba a que el proceso genocida contra el mundo indígena no ocurrió en un solo periodo de tiempo y en un mismo lugar, sino que es un proceso de larga duración, extendido geográficamente y silenciado durante siglos.

El Estado argentino nació de este proceso. Y las dificultades para comprenderlo también se acrecientan por las complicidades de gran parte de la prensa y la academia que con su negacionismo siguen dañando el justo reclamo de memoria, verdad y justicia del Pueblo Pilagá.

El juez Fernando Carbajal, en su sentencia del 4 de julio de 2019, cuestiona que el Estado argentino y sus funcionarios de derechos humanos se han mostrado "impávidos frente al reclamo de justicia de los pueblos originarios que no solo debieron esperar décadas para que los hechos pudieran ser investigados y exhibidos, sino que aún ahora siguen siendo ignorados".

Carbajal consideró la masacre como parte de un proceso complejo de violencia que incluyó el encierro y la explotación en colonias. Tomó como precedente los casos de "desapariciones forzadas» de la última dictadura y consideró que estas desapariciones de miembros del Pueblo Pilagá son crímenes imprescriptibles, por constituir una «conducta ilícita continuada» de «carácter permanente», y por tanto deben ser reparados.

También detalló que debido a la violencia que se ejerció contra este pueblo, se suspendieron todos sus derechos a "decidir libremente sobre sus vidas" mediante diversas acciones realizadas "sin control judicial». Afirmó que el silenciamiento de los crímenes, acreditados en los documentos oficiales, y la destrucción de los cuerpos por medio del fuego demuestran "el carácter ilegal de los actos realizados".

En 1947, dice el juez, "el Estado desmanteló todo atisbo de organización de los pueblos originarios, en particular de la etnia pilagá, a la cual redujo a un estado de virtual servidumbre". Respecto del único documento que informa un supuesto enfrentamiento, del día 16 de octubre y que da por resultado "quince aborígenes muertos", Carbajal señala textualmente: "Queda exteriorizada la absoluta prescindencia de los agentes estatales respecto al Estado de derecho, pues no se referencia la existencia de acciones judiciales tendientes a establecer la responsabilidad de los sujetos supuestamente involucrados (…) aunque se reconoce fueron ultimados por las fuerzas federales». Y concluye: «La Constitución Nacional y las leyes no regían en La Bomba y el centro oeste del territorio, convertido de hecho en un territorio de persecución contra los integrantes de la etnia sin límites jurídicos».

La sentencia por la Masacre de La Bomba sienta un precedente al valorar los testimonios de hijos e hijas de sobrevivientes como "pruebas directas de la memoria colectiva de un pueblo con identidad étnica y cultural preexistente a la Nación Argentina". Sin embargo, el juez optó por encuadrar legalmente a la masacre como un crimen de lesa humanidad y no como un genocidio, sin reparar integralmente a las víctimas.

La Federación Pilagá apeló estos puntos de la sentencia y solicitó que se reconozca la masacre como un crimen de lesa humanidad en el marco de un genocidio, que se reconsidere el monto y número de becas estudiantiles otorgadas en la sentencia de primera instancia, e insiste en la importancia del resarcimiento colectivo (ya que dos abogados que representan solo a dos personas apelaron la decisión del juez y reclaman indemnizaciones individuales». En febrero de 2020, la Cámara de Apelaciones de Resistencia (Chaco) hizo lugar al planteó del Pueblo Pilagá, modificó el fallo de primera instancia y reconoció que lo ocurrido en Rincón Bomba fue «genocidio».

La lucha continúa.

Las masacres han continuado a lo largo y ancho de todo el territorio durante más de 500 años. Unas propiciadas por adquirentes de tierras, con la anuencia de los propios gobiernos y otras creadas y ejecutadas por los diversos gobiernos, tanto de izquierdas como de derecha y dictaduras.

¿Quién exterminó a los indios argentinos?

A día de hoy, los billetes de cien pesos ostentan la imagen de Julio Argentino Roca, el artífice de la sanguinaria Campaña del Desierto, el avance sobre la región del Chaco y otras campañas militares que, a fines del siglo XIX, arrebataron a los pueblos aborígenes sus tierras y exterminaron a buena parte de su pueblo.

BREVE CURRÍCULO

Nací en Valencia, España en 1950.

Me fugué de mi casa con 14 años debido a los malos tratos recibidos, fui capturado y devuelto por la policía en cuatro ocasiones, y a la quinta conseguí mantenerme escapado.

Para sobrevivir trabajé de descargador de camiones en el mercado, ayudante de albañil, limpiador de tripas en mataderos, sacrificando, pelando y arreglando pollos, de matarife, deshaciendo en piezas las reses en carnicerías, de pinche de cocina, limpiando pozos sépticos, es decir, haciendo de casi todo, pero en ese casi no estaba robar o pedir limosna. Hubo dos personas que me prestaron una ayuda desinteresada, que para mí fue importante, un barrendero de Madrid, que compartió su comida conmigo y un anciano antiguo militar de la República, que me cedió una habitación de su casa y que me proporcionó consejos éticos y morales.

Cursé estudios de ingeniería y economía. He trabajado en muchos países, tales como: España, Francia, Italia, Suecia, Alemania, España subsahariana (en aquella época), Portugal, Marruecos, Canadá, Estados Unidos, Venezuela durante 18 años, Arabia Saudí, y realizado asesoramientos y misiones en otros países.

He sido asesor y personal de inteligencia de gobierno, con diversas identidades proporcionadas por la Administración del país, he participado con cuerpos de Inteligencia de otros países en actuaciones puntuales.

En la actualidad estoy jubilado.

Soy Maestro Masón Grado 33, Miembro de honor del Consejo Masónico de España.

En la actualidad intervengo como miembro de un grupo multidisciplinar de científicos conjuntamente con la Universidad de Barcelona y otras universidades, y hemos creado un sistema que garantiza que el COVID 19 no pueda contagiarse en espacios cerrados.

Desde los 15 años llevo escribiendo poesías y libretos, como válvula de descarga de mis tristezas, sinsabores y enamoramientos. Escribí en 1972 cuatro libros educativos de enseñanza de TV en blanco y negro para una escuela de clases nocturnas para trabajadores; en 1976 un libro comparativo entre Láser y Máser; escribí un libro en Venezuela denominado AD 44 años de historia.

Libros publicados en Amazon:
NOVELAS:
"Mi amigo Jose" en español.
"My friend José: The Apprentice" en ingles
"El viejo gaucho"
"Vivir o morir en Canaguá"
"Live or die in Canaguá" en inglés.
"El Pendejo"
"El Coordinador I"
"El Coordinador II"

“El Coordinador III”

POESÍAS:
“Poesías de humor, sátira e ironía” en español, reconocida como BEST SELLER.
“Poetry of humor, satire and irony” en ingles.
“Poesías de amor”
“El amor es poesía”
“Poesías reflexivas I”
“Poesías reflexivas II”
“Poesías reflexivas III”
“Requiebros de amor”

AUTOAYUDA:
La Fuerza de una Mujer y la sensibilidad de un poeta.
Importancia de las palabras contra el COVID
Post de un Confinado I
Post de un Confinado II
Post de un Confinado III
Post de un Confinado IV

TÉCNICOS:
Estudio de Erradicación de patógenos en recintos cerrados INCLUSO EL COVID. (Coautor).

NOTAS: